呪《じゅ》術《じゅつ》 闇《やみ》と光のバトル

穢《けが》れを祓《はら》いて迷《まよ》いを断《た》つ 修《しゅ》験《げん》道《どう》・道《どう》教《きょう》

はじめに

「道教《どうきょう》とは？　修験道《しゅげんどう》とは？」

道教《どうきょう》は中国で発生した三つの大きな宗教《しゅうきょう》の一つで、儒教《じゅきょう》・仏教《ぶっきょう》と合わせて数えられます。

びっくりするほど多くの神々を内包《ないほう》した多神教で、伝説によれば黄帝《こうてい》が開祖《かいそ》であり老子《ろうし》がその教義《きょうぎ》をまとめ、後漢《ごかん》の張陵《ちょうりょう》が教祖《きょうそ》となって教団《きょうだん》を創設《そうせつ》したとされるのが一般的《いっぱんてき》です。

不老長寿《ふろうちょうじゅ》を追い求める「神仙思想《しんせんしそう》」や御札《おふだ》を用《もち》いる呪術《じゅじゅつ》である「符籙《ふろく》」、亡《な》くなった人物の魂《たましい》を救い災《わざわ》いを追い払《はら》うための「斎醮《さいしょう》」、「陰陽五行《いんようごぎょう》」、未来を占《うらな》って予言をおこなう「讖緯説《しんいせつ》」、黄帝《こうてい》・老子《ろうし》を神仙《しんせん》として崇《すう》拝《はい》して信仰《しんこう》する「黄老思想《こうろうしそう》」、金属《きんぞく》の精錬《せいれん》技法《ぎほう》や医学技術《ぎじゅつ》とも関わりが深い宗教《しゅうきょう》です。

皇帝《こうてい》から農民にいたるまで、社会のさまざまな階級《かいきゅう》に浸透《しんとう》していきました。中国と親交を深めていく中で日本にもたらされ、修験道《しゅげんどう》をはじめとして陰陽道《おんみょうどう》、密教《みっきょう》にも多大な影響《えいきょう》を与《あた》えました。

一方、日本の修験道《しゅげんどう》ですが、7世紀頃《ごろ》の伝説的な人物である役優婆塞《えんのうばそく》が起源《きげん》とされています。

「神道《しんとう》」「仏教《ぶっきょう》」「密教《みっきょう》」そして山を神霊《しんれい》や祖霊《それい》、精霊《せいれい》の住まう神聖《しんせい》な場所とする「山岳信仰《さんがくしんこう》」、民間信仰《みんかんしんこう》、巫女《みこ》や市子《いちこ》などといった巫覡《ふげき》に関わる「シャーマニズム」を含《ふく》み、複雑に、そして高度に結びついた宗教《しゅうきょう》が「修験道《しゅげんどう》」です。厳《きび》しい修行《しゅぎょう》として断食《だんじき》や瞑想《めいそう》、滝行《たきぎょう》などをおこない、禁欲的《きんよくてき》な生活を送り、肉体を痛《いた》めつけることで霊的《れいてき》な力の取得を目指します。

険《けわ》しい山々を踏破《とうは》する修験者《しゅげんじゃ》は、山の霊気《れいき》を自分に取り込《こ》み、山と一体化することで修験者《しゅげんじゃ》自身が「仏《ほとけ》」となるのです。

「道教《どうきょう》」の道士《どうし》・仙人《せんにん》を、そして「修験道《しゅげんどう》」ではその開祖《かいそ》と言われる役優婆塞《えんのうばそく》を中心にすえて紹介《しょうかい》していきましょう。

橘《たちばな》 伊《い》津《つ》姫《き》

もくじ

■久米仙人《くめせんにん》

大和国《やまとのくに》吉野郡（現在《げんざい》の奈良県吉野郡）に「龍門寺《りゅうもんじ》」という寺がありました。

この寺に二人の男がこもって、仙人《せんにん》になるための厳《きび》しい修行《しゅぎょう》に励《はげ》んでいました。

一人の名前は「あずみ」、もう一人を「久米《くめ》」と言いました。

先に修行《しゅぎょう》を終わらせて仙人《せんにん》となり、空に飛び去《さ》っていったのはあずみの方でした。

置いていかれてなるものかと、続いて久米《くめ》も修行《しゅぎょう》を終わらせて昇仙《しょうせん》することができました。

仙人《せんにん》となった久米《くめ》が空を飛んでいる時に、吉野川の川岸で若《わか》い女性《じょせい》が洗濯《せんたく》をしているのを見つけました。

衣類を洗《あら》うために着物をたくし上げ、足を出して洗濯《せんたく》をしている女性《じょせい》の姿《すがた》に、久米仙人《くめせんにん》の目は釘付《くぎづ》けになってしまいます。

せっかく修行《しゅぎょう》を積んで昇仙《しょうせん》した久米仙人《くめせんにん》でしたが、女性《じょせい》の生足に心を動かされた途端《とたん》、空を飛ぶ力を失って、川岸の女性《じょせい》の眼《め》の前に墜落《ついらく》してしまいました。

神通力を失った久米仙人《くめせんにん》はただの「人」になってしまい、その女性《じょせい》と結婚《けっこん》して夫婦《ふうふ》になるといっしょに暮《く》らしはじめました。

久米仙人《くめせんにん》が妻《つま》と暮《く》らしていると、時の帝《みかど》が高市郡《たかいちぐん》（現在《げんざい》の奈良県橿原市周辺《かしはらし》）に都をつくる命令を出し、

そのために国中から多くの人夫《にんぷ》が集められました。

久米仙人《くめせんにん》も人夫《にんぷ》として、その現場で働くことになりました。

現場で働く人夫《にんぷ》の多くが、久米仙人《くめせんにん》のことを「仙人《せんにん》」と呼《よ》んで親しく接していました。

そのことを不思議に思った行事官（朝廷《ちょうてい》の役人）が、近くにいた者に問いかけました。

「どうしてあの男のことを『仙人《せんにん》』と呼《よ》ぶのだ？」

すると人夫《にんぷ》たちは真面目《まじめ》な顔をして答えました。

「あの久米《くめ》は、以前龍門寺《りゅうもんじ》にこもって仙人《せんにん》になるための修行《しゅぎょう》を完了《かんりょう》させ、空を飛ぶほどの神通力を得《え》ることができました。ところがその時、吉野川で生足をさらして洗濯《せんたく》をしている女性《じょせい》を見つけ、その足の白さに目がくらんで、空から堕《お》ちてしまったのです。そのために久米《くめ》はただ人となって、今ではその女《じょ》性《せい》を妻《つま》に迎《むか》えて暮《く》らしています。それで自分たちは彼《かれ》を仙人《せんにん》と呼《よ》んでいるのです」

「では久米《くめ》は、尊《とうと》い身分の、やんごとなき人物ではないか。修行《しゅぎょう》を経《へ》て昇仙《しょうせん》し、一度は仙人《せんにん》になった方だろう。たとえそのようなことがあったとしても、会得《えとく》したすべての徳《とく》を失ったわけではないであろう。ここにある材木だって自分で持ち歩くのではなく、神通力で飛ばせばいいのではないか」

行事官たちがそのように冗談《じょうだん》を交《か》わしているのを聞いて、久米仙人《くめせんにん》は彼《かれ》らにこう言いました。

「わたしは仙人《せんにん》の術《じゅつ》を忘《わす》れて随分《ずいぶん》時間がたちました。今はそこら辺にいる、ただの人と何も変わりありません。期待に応《こた》えるのは難《むずか》しいでしょう」

しかし、心の中ではこう思っていました。

『わたしは厳《きび》しい修行《しゅぎょう》によって神通力を会得《えとく》したが、ただ人のように女人の姿《すがた》に心を奪《うば》われてしまい、仙人《せんにん》であり続けることができなかった。だけど、あれだけ長い間修行《しゅぎょう》した仙術《せんじゅつ》だ。仙人修行《せんにんしゅぎょう》のための仏《ぶつ》菩薩《ぼさつ》が助けてくれるかもしれない』

そして行事官たちに言いました。

「ですが、やってみましょう。どれだけのことができるかわかりませんが」

「それは素晴《すば》らしい。ぜひともお願いします」

行事官はそう言って久米仙人《くめせんにん》に頭を下げましたが、内心では「こいつはなんて馬鹿《ばか》なことを言うヤツなんだ」と嘲笑《あざわら》っていました。

久米仙人《くめせんにん》は静かな道場にこもって心身を清潔《せいけつ》に保《たも》ち、断食《だんじき》をおこなって七日七晩途絶《ばんとだ》えることなく神《しん》仏《ぶつ》に祈《いの》りを捧《ささ》げました。

七日目には行事官たちは久米仙人《くめせんにん》が現場にいないことを知って、「どうせ何もできやしない」と笑う者、「仕事を放《ほう》り出しやがって」と怒《おこ》り出す者、「いったい道場で何をしているんだ?」と不思議がる者とさまざまでした。

八日目の朝になって、それまで晴れていた空がにわかに曇《くも》りはじめ、まるで月のない夜のように暗くなっていきました。

大地を揺《ゆ》らすような雷鳴《らいめい》が響《ひび》き渡《わた》り、大雨が降り出して周辺のものが見えなくなるほどです。

その場にいるすべての者が空模様《そらもよう》を怪《あや》しんでいる間に、唐突《とうとつ》に雷《かみなり》が遠ざかり、雨がやんで空が晴れていきました。

そのとき、空を飛んで何かがこちらに向かってくるのが見えました。

大中小の木材が南の山辺《やまべ》から飛び出し、都の造営《ぞうえい》予定地の工事現場に滑《すべ》り込《こ》んできたのです。

これは久米仙人《くめせんにん》の祈《いの》りの力であると確信《かくしん》した行事官たちは、彼《かれ》を敬《うやま》い尊《とうと》び、礼拝《れいはい》しました。

そしてこの時の様子を帝《みかど》に報告《ほうこく》したのです。

一部始終を聞いた帝《みかど》は「それは尊《とうと》いことだ」と彼《かれ》を敬《うやま》って、税《ぜい》が免除《めんじょ》された田畑三十町（約〇・三平方キロメートル）を久米仙人《くめせんにん》に与《あた》えました。

久米仙人《くめせんにん》はとても喜び、この田畑で得《え》ることができた収穫《しゅうかく》でその土地に立派《りっぱ》な寺を建立《こんりゅう》しました。

この寺を「久米寺《くめでら》」（奈良県橿原市《かしはらし》）と呼《よ》びます。

その後、弘法大師空海《こうぼうだいしくうかい》はこの久米寺《くめでら》に一丈六尺《いちじょうろくしゃく》（約四・八五メートル）の薬師如来像《やくしにょらいぞう》を贈《おく》って祀《まつ》りました。

久米寺《くめでら》で大日経《だいにちきょう》を見つけた弘法大師空海《こうぼうだいしくうかい》は「これこそが速《すみ》やかに仏《ほとけ》になる教えである」と悟《さと》り、真言《しんごん》を学ぶために唐《とう》に渡《わた》るきっかけになったとも言われています。

久米仙人《くめせんにん》が仙術《せんじゅつ》をおこなう様子は菅原道真《すがわらのみちざね》が文章にして龍門寺《りゅうもんじ》の扉《とびら》に掲《かか》げられていたと言います。

■一角仙人《いっかくせんにん》

天竺《てんじく》（インドの古称《こしょう》）にある波羅奈国《はらなこく》に、一人の仙人《せんにん》が住んでいました。

仙人《せんにん》の精液《せいえき》が混《ま》じった尿《にょう》のかかった草を鹿《しか》が食べ、その鹿《しか》が妊娠《にんしん》して生まれたのが彼《かれ》で、額《ひたい》に一本の角《つの》があったことから「一角仙人《いっかくせんにん》」と呼《よ》ばれていました。

優《すぐ》れた神通力を持っていて、その力を使って勝手気ままに毎日を過《す》ごす、生まれながらの仙人《せんにん》でした。

ある日、雨上がりの山中を歩き回っていた一角仙人《いっかくせんにん》は、濡《ぬ》れた岩の上で足を滑《すべ》らせてしまいます。

これに怒《おこ》った一角仙人《いっかくせんにん》は「この俺《おれ》を馬鹿《ばか》にしたに違《ちが》いない」と考え、龍神《りゅうじん》たちに文句《もんく》をつけ、神通力を使って彼《かれ》らを岩屋に封印《ふういん》してしまいました。

このために波羅奈国《はらなこく》には雨がまったく降らなくなってしまったのです。

人々は渇《かわ》きに苦しみ、事態を重く見た国王はどうにかして雨を、そして閉《と》じ込《こ》められた龍神《りゅうじん》たちを取り戻《もど》そうと知恵《ちえ》を絞《しぼ》ります。

臣下《しんか》からの提案《ていあん》で、国内随一《ずいいち》の美女である旋陀夫人《せんだぶにん》を一角仙人《いっかくせんにん》のところに遣《つか》わすことに決めました。

国王の命令を受けた臣下《しんか》は旋陀夫人《せんだぶにん》を連れて、都から遠く離《はな》れた一角仙人《いっかくせんにん》の住まいである山の中を進んでいきます。

岩をつたいながら歩いていくと、旋陀夫人一行《せんだぶにんいっこう》はついに一軒《いっけん》の庵《いおり》を発見しました。

不思議なことに素晴《すば》らしい香《かお》りが周囲に漂《ただよ》い、中では一角仙人《いっかくせんにん》がくつろいでいました。

「瓶《びん》には一滴《いってき》の水、鼎《かなえ》には数片《すうへん》の雲、それさえあれば、今のこの身に不足はない。なんと趣《おもむき》のある、遠山に映《はえ》る秋の色よ」と語る一角仙人《いっかくせんにん》は、ここで悠々自適《ゆうゆうじてき》な生活を送っていたのです。

「どなたかいらっしゃいませんか？　わたしたちは旅の途中《とちゅう》なのですが、ここまで来て道に迷《まよ》ってしまいました。奥《おく》さまも大変に困《こま》っていらっしゃいます。どうかお力をお貸《か》し願えないでしょうか？　お疲《つか》れの奥《おく》さまにせめて、一夜の宿をお貸《か》しいただけませんか？」

臣下《しんか》が庵《いおり》の入口から声をかけると、中からはしゃがれた声が返事をします。

「それはお困《こま》りのことだろう。だが仙人《せんにん》の俺《おれ》には関係ない。俺《おれ》は俗世《ぞくせ》の人間とは関わりを持ちたくないのでな。勝手に山の中で夜を明かせばいい」

「わたしたちはそれでも構《かま》いませんが、奥《おく》さまには屋根のある場所でお休みいただきたいのです。どうかお願いします」

旅人を装《よそお》った臣下《しんか》がしつこく入口から声をかけると、根負《こんま》けしたのか一角仙人《いっかくせんにん》のため息混《いきま》じりの返事が聞こえてきました。

「わかった、わかった。一晩泊《ひとばんと》めてやるから、入ってくるがいい。ただし俺《おれ》の部屋には入ってくるな。俗世《ぞくせ》の人間とは関わりたくないのでな」

一夜の宿を借《か》りることに成功した旋陀夫人《せんだぶにん》は、一角仙人《いっかくせんにん》の部屋に向けて声をかけました。

「ありがとうございます。このように親切にしていただいたのに、ご挨拶《あいさつ》もしないままでは礼儀《れいぎ》に反《はん》するでしょう。どうか一目お会いするお許《ゆる》しをいただけないでしょうか？」

「無用であると伝えたはずだ。何度も言うが、俺《おれ》は俗世《ぞくせ》の人間と関わりを持ちたくないのだ。神仙《しんせん》である我《わ》が身は、外界の人間と交《まじ》われば神通力を失ってしまうのでな」

そっけなく告《つ》げられた内容《ないよう》に、旋陀夫人一行《せんだぶにんいっこう》は顔を見合わせました。

「尊《とうと》き身分の仙人《せんにん》さまでいらっしゃるのですね。ならばなおさら、ご挨拶《あいさつ》を申し上げねば。どうかわたくしどもにそのお姿《すがた》を見せてくださいませ。直接ご挨拶《あいさつ》を申し上げる幸運をお与《あた》えください」

旋陀夫人《せんだぶにん》はさらに言葉をつくして、一角仙人《いっかくせんにん》に姿《すがた》をあらわしてくれるように懇願《こんがん》しました。

「そこまで言われるなら、会いましょう。だが、俺《おれ》の姿《すがた》を見ても決して驚《おどろ》かないように」

部屋の扉《とびら》がゆっくりと開き、一角仙人《いっかくせんにん》が姿《すがた》を見せました。

名前の通り、額《ひたい》に一本の角《つの》を生《は》やした異形《いぎょう》の姿《すがた》です。

旋陀夫人《せんだぶにん》は内心の驚《おどろ》きを隠《かく》したまま、一角仙人《いっかくせんにん》に向かって礼拝《れいはい》しました。

「仙人《せんにん》さま。一夜の宿をお貸《か》しくださり、本当にありがとうございました。わたくしは旋陀夫人《せんだぶにん》と申します」

そう言って顔を上げ、一角仙人《いっかくせんにん》に向かってニッコリと笑いかけました。

一行《いっこう》を見回していた仙人《せんにん》は、旋陀夫人《せんだぶにん》の姿《すがた》を目にするなり、その美しさに見とれてしまいました。

「ご親切な仙人《せんにん》さま、どうかわたくしたちの感謝《かんしゃ》の気持ちをお受け取りください」

旋陀夫人《せんだぶにん》がそう言うと、旅人に扮《ふん》した国王の臣下《しんか》が荷物の中から酒瓶《さかびん》と盃《さかずき》を取り出しました。

「仙人《せんにん》さま、こちらにお座《すわ》りください。酒の他に美味なる肴《さかな》もご用意がございます」

旋陀夫人《せんだぶにん》の誘《さそ》いに、一角仙人《いっかくせんにん》はふらふらと近寄《ちかよ》り、座《ざ》に加わりました。

「いや、酒を受けるわけには……。修行中《しゅぎょうちゅう》の我《わ》が身にとって、酒は禁忌《きんき》だ。気持ちだけ受け取っておこう」

旋陀夫人《せんだぶにん》から目を離《はな》すこともできず、上《うわ》の空《そら》で受け答えする一角仙人《いっかくせんにん》。

「存《ぞん》じております。ですがそれは、人から昇仙《しょうせん》した者だけでしょう。あなたさまは生まれながらの仙人《せんにん》という、特別な存在《そんざい》です。ならば少しくらい御酒《みしゅ》を召《め》し上がったからといって、あなたさまの神通力になんの影響《えいきょう》があるものですか」

そう言って一角仙人《いっかくせんにん》の手に盃《さかずき》を握《にぎ》らせます。

「いや、しかし」

弱々しく断《ことわ》りの言葉を口にする一角仙人《いっかくせんにん》の手にある盃《さかずき》に、旋陀夫人《せんだぶにん》は酒を注《そそ》ぎました。

「さあ、どうぞ召《め》し上がってくださいませ」

旋陀夫人《せんだぶにん》の美しさに見とれたまま、一角仙人《いっかくせんにん》は酒を注《そそ》がれた盃《さかずき》を口に運び、飲み干《ほ》しました。

空《から》になった盃《さかずき》に、旋陀夫人《せんだぶにん》はまた酒を注《そそ》ぎます。

「慈悲《じひ》深き仙人《せんにん》さま、一夜の宿のお礼にわたくしが舞《まい》をご披露《ひろう》いたしましょう」

一角仙人《いっかくせんにん》は盃《さかずき》を重《かさ》ねながら、艶《つや》やかに舞《ま》う旋陀夫人《せんだぶにん》の姿《すがた》に見入っています。

酔《よ》いが回るにつれ、一角仙人《いっかくせんにん》の手足は自然と動き出します。

そして気がつけば一角仙人《いっかくせんにん》は旋陀夫人《せんだぶにん》といっしょに踊《おど》っていました。

すっかり旋陀夫人《せんだぶにん》に心を許《ゆる》し、いい気分になった一角仙人《いっかくせんにん》はその場に倒《たお》れ込《こ》み、満足そうに微笑《ほほえ》みながら眠《ねむ》ってしまいました。

いびきをかきながら眠《ねむ》り込《こ》む一角仙人《いっかくせんにん》の姿《すがた》を見届《みとど》けた旋陀夫人一行《せんだぶにんいっこう》は、計画がうまくいったことに喜んで仙人《せんにん》の庵《いおり》を後《あと》にしました。

旋陀夫人《せんだぶにん》たちが山を去《さ》ってしばらくすると、龍神《りゅうじん》たちを閉《と》じ込《こ》めていた岩屋が振動《しんどう》をはじめました。

音はどんどん大きくなり、やがて天にも届《とど》くような轟音《ごうおん》となって一角仙人《いっかくせんにん》の庵《いおり》を揺《ゆ》らしました。

その揺《ゆ》れで目を覚《さ》ました一角仙人《いっかくせんにん》は、今、起こっていることを理解して動揺《どうよう》しました。

岩屋の様子を見に行こうと一角仙人《いっかくせんにん》が立ち上がったその時、岩屋から声が響《ひび》いてきたのです。

「下界の人間と交《まじ》わり、酒と女に魂《たましい》を奪《うば》われて心を惑《まど》わされた一角仙人《いっかくせんにん》よ。今こそ、天罰《てんばつ》の時だ。己《おのれ》のおこないの報《むく》いを思い知るが良い！」

怒《いか》りに満《み》ちたその声とともに、岩屋は砕《くだ》け散《ち》ります。

内側からは閉《と》じ込《こ》められていた龍神《りゅうじん》たちが飛び出してきました。

眼《め》の前にあらわれた龍神《りゅうじん》たちに驚《おどろ》いた一角仙人《いっかくせんにん》は、もう一度龍神《りゅうじん》たちを封印《ふういん》しようと、慌《あわ》てて庵《いおり》にあった剣《けん》を手にして立ち向かおうとします。

「舐《な》めるな！　またお前たちを封印《ふういん》してやるわ！」

ですが禁忌《きんき》を破《やぶ》って神通力を失ってしまった一角仙人《いっかくせんにん》が、その身に黄金珠玉《おうごんしゅぎょく》の武具《ぶぐ》をまとった龍神《りゅうじん》たちにかなうはずもなく、次第《しだい》に押《お》し負かされて弱っていきます。

ついに龍神《りゅうじん》たちは一角仙人《いっかくせんにん》を打ち負かし、山を飛び去《さ》りました。

待ちに待った雨が大地を潤《うるお》し、人々は歓喜《かんき》に沸《わ》き立ちました。

後に残されたのは、飛び去《さ》っていく龍神《りゅうじん》たちを虚《むな》しく見送る、敗北《はいぼく》に打ちのめされた一角仙人《いっかくせんにん》だけでした。

神々と結ぶ絆《きずな》・籙《ろく》

道士《どうし》たちは神々に願いを伝え、神々を使役《しえき》するために盟約《めいやく》を結ぶ、いわば人間界と神々との橋渡《はしわた》し役です。

その方法が「籙《ろく》」と呼《よ》ばれるもので、この籙《ろく》を受けた数が多いほど道士《どうし》としての位《くらい》が高くなります。

幼少期《ようしょうき》に最初に「更令《こうれい》」と呼《よ》ばれる位《くらい》を授《さず》かってから、数年で最初の籙《ろく》「童子一将軍籙《どうじいちしょうぐんろく》、三将軍籙《さんしょうぐんろく》、十将軍《じゅうしょうぐん》籙《ろく》」を受けます。

次に思春期の頃《ころ》には男女の籙《ろく》である「七十五将軍籙《ななじゅうごしょうぐんろく》」を受け、「籙生《ろくしょう》」と呼《よ》ばれるようになります。

それぞれ七十五体の男女将軍《しょうぐん》が合わさることで「百五十将軍籙《ひゃくごじゅうしょうぐんろく》」となります。

そもそも、籙《ろく》とはいったい何なのでしょうか？

「籙《ろく》はみんな白い絹《きぬ》に書かれ、天の神々とその部下の名前が書かれている。またその間にさまざまな符図《ふず》（御《お》札《ふだ》や図）がまじえてあり、文章は怪奇《かいき》で世俗《せぞく》の人にはわからない」とのことです。

簡単《かんたん》に言えば籙《ろく》とは道士《どうし》が使役《しえき》できる神々のリストで、この籙《ろく》を受けることで神々と契約《けいやく》し、その力を使うことができるようになるのです。

籙《ろく》を授《さず》けられる者は「精進潔斎《しょうじんけっさい》し、その後で金環《きんかん》一つとさまざまな礼物《れいもつ》を持って」師匠《ししょう》に会いに行き、その礼《れい》物《もつ》を師匠《ししょう》に渡《わた》します。

礼物《れいもつ》を受け取った師匠《ししょう》は、籙《ろく》を授《さず》ける前夜に儀式《ぎしき》の開催《かいさい》を告《つ》げる「上章《じょうしょう》」と呼《よ》ばれる報告《ほうこく》をおこないます。

集まった神々にこれから籙《ろく》を授《さず》ける弟子《でし》を紹介《しょうかい》し、翌日《よくじつ》の儀式《ぎしき》への参加をお願いします。

そして、呼《よ》び出した神々に弟子《でし》が籙《ろく》を受けるにふさわしい人物かどうかを問う「閲籙《えつろく》」をおこないます。

このような手順を踏《ふ》んで、ようやく弟子《でし》に籙《ろく》を授《さず》けるのです。

その後、受け取った金環《きんかん》を半分に割《わ》り、師匠《ししょう》と弟子《でし》がそれぞれを持つことで「約束固《やくそくかた》めのしるし」とします。

籙《ろく》には授与《じゅよ》された年月日、受籙者《じゅろくしゃ》の住所、受籙《じゅろく》がおこなわれる道教の寺の名前、神々への誓詞《せいし》、神々と官吏《かんり》の名前、符図《ふず》や神仙《しんせん》の図像《ずぞう》が書かれており、最後にこれを与《あた》える師匠《ししょう》の名前、儀式《ぎしき》の執行《しっこう》を保証監督《ほしょうかんとく》する立会人の署名《しょめい》などがつけられます。

籙《ろく》は一度手にしたからと言って、それで終わりではありません。節目節目《ふしめふしめ》で更新《こうしん》が必要になり、回数も年に何回と決められています。

籙《ろく》は、儀式《ぎしき》のために集まった神々に道士《どうし》を紹介《しょうかい》し、協力を頼《たの》み、力を貸《か》してもらうための絆《きずな》を結ぶ、道教《どうきょう》にとって大切な儀式《ぎしき》の一つなのです。

■役優婆塞《えんのうばそく》（役小角《えんのおづぬ》）

飛鳥《あすか》時代の呪術者《じゅじゅつしゃ》で、日本の修験道《しゅげんどう》の基礎《きそ》を築《きず》いた人物だと言われています。

「役行者《えんのぎょうじゃ》」「役小角《えんのおづぬ》」などと呼《よ》ばれています。

正確《せいかく》な生没年《せいぼつねん》は不明ですが、一説によれば舒明天皇《じょめいてんのう》六年（６３４年）に大和国《やまとのくに》葛上郡《かつじょうぐん》茅原郷《ちはらごう》（現在《げんざい》の奈良県御所市《ごせし》茅《ち》原《はら》）に生まれたと言われます。

さまざまな伝説が残されている人物で、その一部を紹介《しょうかい》します。

白雉《はくち》元年（６５０年）、十六歳《さい》で山背国《やましろのくに》（後の山城国《やましろのくに》。現在《げんざい》の京都府南部）に志明院《しみょういん》を創建《そうけん》。

翌《よく》二年（６５１年）、十七歳《さい》のときには奈良・元興寺《がんごうじ》で孔雀明王呪《くじゃくみょうおうじゅ》を取得。

その後は葛城山《かつらぎさん》（現在《げんざい》の金剛山《こんごうさん》・大和葛城山《やまとかつらぎさん》）で山岳修行《さんがくしゅぎょう》をおこない、熊野《くまの》や大峰《おおみね》の山々で厳《きび》しい修行《しゅぎょう》を重《かさ》ねます。

奈良県吉野にある金峰山《きんぷせん》（金峯山《きんぷせん》）で金剛蔵王大権現《こんごうざおうだいごんげん》を拝《おが》み出し、一〇代のうちに修験道《しゅげんどう》の基礎《きそ》をつくり上げたと言われています。

二〇代になってから藤原鎌足《ふじわらのかまたり》の病気を治癒《ちゆ》させ、一躍《いちやく》名を馳《は》せました。

実在《じつざい》の人物とは言われていますが、詳《くわ》しいことはわかりません。

彼《かれ》の生誕《せいたん》の地とされる場所には吉祥草寺《きっしょうそうじ》が建立《こんりゅう》されています。

呪術《じゅじゅつ》に優《すぐ》れ、前鬼《ぜんき》・後鬼《ごき》と呼《よ》ばれる二匹《ひき》の鬼神《きじん》を使役《しえき》していたことでも有名です。

■呪《のろ》いを誦持《じゅじ》して鬼神《きじん》を従《したが》える

文武天皇《もんむてんのう》の統治《とうち》されている時代に、一人の聖人《せいじん》がいて人々から「役優婆塞《えんのうばそく》」と呼《よ》ばれていました。大和国《やまとのくに》、葛城《かつらぎ》の上の郡、茅原《ちはら》の村の住人で、姓《せい》は賀茂《かも》の役《えん》の氏《うじ》と言います。

葛城《かつらぎ》の山の中に移《うつ》り住み、藤《ふじ》の皮を剥《は》いでつないで着物とし、松の葉を集めては食べ物として、四十年以上も山中の岩屋で生活していました。

類《たぐい》まれな神通力の持ち主《ぬし》であり、清《きよ》らかな泉《いずみ》の水を浴《あ》びて心を清浄《せいじょう》に保《たも》ち、孔雀明王《くじゃくみょうおう》の呪《じゅ》を唱《とな》えて魔《ま》障《しょう》を祓《はら》います。

ある時は五色の雲を呼《よ》び出してこれに乗り、仙人《せんにん》の洞《ほら》へ遊びに行くこともありました。

夜になればさまざまな鬼神《きじん》を呼《よ》び集めては「お前は水を汲《く》んでくるように」「お前は奥《おく》で薪《まき》を拾《ひろ》い集めてくるように」と働かせていました。

呼《よ》び集められた鬼神《きじん》たちはみんな役優婆塞《えんのうばそく》の命令に従《したが》い、逆《さか》らうものはありませんでした。

ところで、金峰山《きんぷせん》（奈良県吉野郡吉野町吉野山）の蔵王菩薩《ざおうぼさつ》は、役優婆塞《えんのうばそく》が祈《いの》って顕現《けんげん》させた菩薩《ぼさつ》様でした。

そのために役優婆塞《えんのうばそく》は、いつも葛城山《かつらぎさん》と金峰山《きんぷせん》の間を行ったり来たりしていました。

しかし山と山の間に橋があればもっと楽に通《かよ》えると思いつき、鬼神《きじん》たちを呼《よ》び集めてこう言いました。

「わたしは金峰山《きんぷせん》に通《かよ》うため、山と山とを行き来しているが、それがなかなかに面倒《めんどう》なのだ。そこで葛《かつら》城山《ぎさん》と金峰山《きんぷせん》の間に橋をつくろうと考えている。できあがった橋を渡《わた》って金峰山《きんぷせん》に通《かよ》おう」

集められた鬼神《きじん》たちはこれまでと同じように、役優婆塞《えんのうばそく》の言葉に従《したが》って葛城山《かつらぎさん》と金峰山《きんぷせん》をつなぐ橋をつくりはじめましたが、やがて鬼神《きじん》たちは、役優婆塞《えんのうばそく》に向かってこのように伝えます。

「我《われ》らは姿形《すがたかたち》が醜《みにく》いので、人の目に触《ふ》れるのがとても恥《は》ずかしいのです。人目のなくなった夜中に隠《かく》れてこの橋をつくることにします」

そしてそれからは、太陽が昇《のぼ》っている昼間には姿《すがた》を隠《かく》し、夜になると急いで橋をつくる作業を進めていました。

役優婆塞《えんのうばそく》は、葛城《かつらぎ》の神である一言主《ひとことぬし》を呼《よ》び出して、

「いったいなぜ、そのように自分たちの姿形《すがたかたち》を恥《は》ずかしく思って隠《かく》れる必要があるのだ？　こんなことをしていては、いつまでたっても橋が完成しないではないか」

と言いましたが、一言主《ひとことぬし》はこれには答えませんでした。

自分に従《したが》わない一言主《ひとことぬし》に怒《おこ》った役優婆塞《えんのうばそく》は、呪《じゅ》を使って神を縛《しば》り、深い谷底へ投げ入れてしまいました。

役優婆塞《えんのうばそく》への恨《うら》みを抱《いだ》いた一言主《ひとことぬし》は、都からやってきた人間に取《と》り憑《つ》いて宮中《きゅうちゅう》を訪《おとず》れ、居並《いなら》ぶ大臣《だいじん》たちに向かって「お気をつけなされよ。役優婆塞《えんのうばそく》は謀策《ぼうさく》を巡《めぐ》らして国を傾《かたむ》けようとしております。今すぐ

にでも役優婆塞《えんのうばそく》を捕《と》らえて罪《つみ》に問われるがよろしかろう」と告《つ》げました。

これを聞いた文武天皇《もんむてんのう》は驚《おどろ》き、すぐさま多くの役人を葛城山《かつらぎさん》に遣《つか》わして役優婆塞《えんのうばそく》を捕《と》らえようとします。

ところが役優婆塞《えんのうばそく》は自分を捕《つか》まえようとする役人たちの目の前で、空中に飛び上がり、役人たちは彼《かれ》を捕《と》らえることができません。

役人たちは考えた末《すえ》、役優婆塞《えんのうばそく》の年老《としお》いた母親を捕《と》らえようと考えました。

すると役優婆塞《えんのうばそく》は「わたしの母を離《はな》しなさい。母に危害《きがい》を加えなければ、おとなしく縄《なわ》につきましょう」と姿《すがた》をあらわして捕縛《ほばく》されました。

文武天皇《もんむてんのう》は捕《つか》まった役優婆塞《えんのうばそく》の罪《つみ》を調べた上で「世を騒《さわ》がせた役優婆塞《えんのうばそく》については、遠流《おんる》が妥当《だとう》であろう」として、彼《かれ》を伊豆国《いずのくに》の島（現在《げんざい》の東京都伊豆諸島《いずしょとう》）に流刑《るけい》にすることを決めました。

伊豆《いず》の島に流された役優婆塞《えんのうばそく》ですが、三年後無罪《むざい》が証明《しょうめい》されて、島を出ることを許《ゆる》されます。

帝《みかど》からの恩赦《おんしゃ》の報《しら》せを聞いた役優婆塞《えんのうばそく》は、そのまま空に飛び上がって消え去《さ》ったということです。

ところで谷底に落とされた葛城《かつらぎ》の神・一言主《ひとことぬし》ですが、いまだに呪《のろ》いに縛《しば》られたまま、谷底に放置《ほうち》されているとされています。

■用語集

■一言主《ひとことぬし》

「吾《あ》は悪事《まがごと》も一言《ひとこと》、善事《よきこと》も一言《ひとこと》、言離之神《ことさかのかみ》、葛城一言主之大神《かつらぎひとことぬしのおおかみ》なり（わたしは悪い事も、善《よ》い事も一言《ひとこと》で解決《かいけつ》する神、葛城《かつらぎ》の一言主《ひとことぬし》の大神《おおかみ》である）」

雄略天皇《ゆうりゃくてんのう》の御代《みよ》、葛城山《かつらぎさん》に鹿狩《しかが》りのために行幸《ぎょうこう》した天皇《てんのう》の前に、まったく同じ装《よそお》い・人数の一行《いっこう》がやってきます。

相手《あいて》は紅紐《べにひも》のついた青摺《あおずり》の衣《ころも》を着用し、同じ輿《こし》に乗って山の尾根《おね》をやってきます。

天皇《てんのう》が無礼《ぶれい》を咎《とが》めると、相手《あいて》は右記の言葉を発して自分が葛城山《かつらぎさん》の神であると名乗りました。

それを聞いた雄略天皇《ゆうりゃくてんのう》はたいへんに畏《おそ》れ入り、自分とお付きの百官の衣服を献上《けんじょう》したと言われます。

一言主《ひとことぬし》は『古事記《こじき》』の下巻にはじめて登場する神です。

言葉を操《あやつ》る神として、一言主《ひとことぬし》は事代主《ことしろぬし》と同一視《どういつし》されることもあるようです。

面白《おもしろ》いことに、720年に記《しる》された『日本書紀《にほんしょき》』では、雄略天皇《ゆうりゃくてんのう》と出会った一言主《ひとことぬし》は自《みずか》らのことを「現人《あらひと》の神」と名乗り、いっしょに狩《か》りを楽しんでいます。

さらには『続日本書紀《しょくにほんしょぎ》』の中では、一言主《ひとことぬし》と雄略天皇《ゆうりゃくてんのう》が狩《か》りの獲物《えもの》を争い、天皇《てんのう》の怒《いか》りに触《ふ》れて一言主《ひとことぬし》が土佐国《とさのくに》（現在《げんざい》の高知県）に流されたという話が記載《きさい》されています。

奈良県御所市《ごせし》にある大和葛城山麓《やまとかつらぎさんろく》の「葛城一言主神社《かつらぎひとことぬしじんじゃ》」が全国にある一言主神社《ひとことぬしじんじゃ》の総本社《そうほんしゃ》となります。

地元では親しみを込《こ》めて「いちごんさん」と呼《よ》ばれ、一言《ひとこと》の願いであれば聞き届《とど》けてくれる「無言まいり」の神様として信仰《しんこう》を集めています。

■孔雀明王《くじゃくみょうおう》

孔雀明王《くじゃくみょうおう》は元々、インドの女神であるマハーマーユーリー（偉大《いだい》な孔雀《くじゃく》）で、パーンチャ・ラクシャー（五護陀羅尼《ごごだらに》）の一柱《ひとはしら》です。

日本では摩訶摩瑜利《まかまゆり》と書きあらわし、孔雀仏母《くじゃくぶつも》、孔雀王母菩薩《くじゃくおうぼぼさつ》とも呼《よ》ばれます。

怒《いか》りをあらわす「忿怒相《ふんぬそう》」の多い明王群《みょうおうぐん》の中では珍《めずら》しく、穏《おだ》やかな慈悲《じひ》の相をあらわし、孔雀《くじゃく》の背《せ》に乗る一面四臂《いちめんよんぴ》の明《みょう》王《おう》です。四本の手にはそれぞれ倶縁果《ぐえんか》、吉祥果《きっしょうか》、蓮華《れんげ》、孔雀《くじゃく》の尾《お》を持っています。なお、京都・仁和寺《にんなじ》の画像《がぞう》（北宋《ほくそう》時代、国宝《こくほう》）のように三面六臂《さんめんろっぴ》にあらわされた像《ぞう》もあります。

孔雀《くじゃく》は害虫や毒蛇《どくじゃ》などを食べることから、孔雀明王《くじゃくみょうおう》は「人々の災厄《さいやく》や苦痛《くつう》を取り除《のぞ》く功徳《くどく》」があるとされ信仰《しんこう》の対象となりました。また孔雀明王《くじゃくみょうおう》は人間の煩悩《ぼんのう》の象徴《しょうちょう》である三毒《さんどく》（貪欲《どんよく》・瞋恚《しんい》・愚痴《ぐち》）を喰《く》らって、仏道《ぶつどう》に成就《じょうじゅ》せしめる功徳《くどく》がある仏《ほとけ》という解釈《かいしゃく》が一般的《いっぱんてき》になりました。さらに雨を予知する能力《のうりょく》があるとされ祈雨法《きうほう》（雨乞《あまご》い）にも用《もち》いられました。

真言密教《しんごんみっきょう》では孔雀経法《くじゃくきょうほう》による祈願《きがん》は鎮護《ちんご》国家の大法《たいほう》とされ最も重要視《し》されました。

■前鬼《ぜんき》と後鬼《ごき》

修験道《しゅげんどう》の祖《そ》とも言われる役優婆塞《えんのうばそく》（役小角《えんのおづぬ》）が、夫婦《ふうふ》の鬼神《きじん》を従《したが》えていたというのは有名な話です。夫《おっと》が前鬼《ぜんき》で、妻《つま》は後鬼《ごき》です。

文献《ぶんけん》によっては、前鬼《ぜんき》は「善童鬼《ぜんどうき》」「義覚《ぎかく》」「義学《ぎがく》」、後鬼《ごき》は「妙童鬼《みょうどうき》」「義玄《ぎげん》」「義賢《ぎけん》」とも記《しる》されます。役優婆塞《えんのうばそく》の弟子《でし》とも、式神であるとも言われます。

前鬼《ぜんき》・後鬼《ごき》の姿《すがた》は陰陽《いんよう》を象徴《しょうちょう》していて、夫《おっと》の前鬼《ぜんき》は「陽」をあらわす赤鬼《あかおに》で、鉄斧《てつおの》を手にしており、前に立って道を切り拓《ひら》く意味を持っています。

一方、妻《つま》の後鬼《ごき》は「陰《いん》」をあらわす青鬼《あおおに》で、霊水《れいすい》の入った水瓶《みずがめ》を手にしており、植物の種を入れた籠《かご》を背負《せお》っています。

この二人はもともと奈良県の生駒《いこま》山地に棲《す》み着いた夫婦《ふうふ》の鬼神《きじん》で、人々を苦しめていました。

この地で修行中《しゅぎょうちゅう》であった役優婆塞《えんのうばそく》が村を荒《あ》らし回る鬼《おに》の話を聞き、村人を哀《あわ》れと思って山に入ると鬼《き》神夫婦《じんふうふ》を不動明王《ふどうみょうおう》の秘法《ひほう》で捕《つか》まえ、二度と人々に危害《きがい》を加えないと誓《ちか》わせました。

その誓《ちか》いの証《あかし》として両鬼《りょうき》の髪《かみ》を切り、それぞれに義学《ぎがく》、義賢《ぎけん》という名前を与《あた》えて使役《しえき》したと言います。

改心した鬼神夫婦《きじんふうふ》は五人の子供《こども》とともに役優婆塞《えんのうばそく》や修験者《しゅげんじゃ》たちの身の回りのお世話をするようになりました。

また別の文献《ぶんけん》では、前鬼《ぜんき》・後鬼《ごき》の五人いる子供《こども》のうちの末子を鉄釜《てつがま》に隠《かく》し、必死に探《さが》し回る二人に子を殺された親の悲しみをわからせたとも伝えられています。

ちなみに静岡県の小山町にも役優婆塞《えんのうばそく》が前鬼《ぜんき》・後鬼《ごき》を調伏《ちょうぶく》したという同様の伝説が残されています。

千葉県館山市《たてやまし》には養老寺《ようろうじ》というお寺があり、ここは役優婆塞《えんのうばそく》が開いた場所だと言われています。

「役行者の岩窟《えんのぎょうじゃのがんくつ》」とも呼《よ》ばれ、有名な『里見八犬伝《さとみはっけんでん》』の作中にも登場しています。

役優婆塞《えんのうばそく》の従者《じゅうしゃ》となった前鬼《ぜんき》・後鬼《ごき》ですが、彼《かれ》らの五人の子供《こども》たちは「五鬼《ごき》」と呼《よ》ばれ、大峯《おおみね》の「前鬼《ぜんき》(奈良県吉野郡下北山村)」と呼《よ》ばれる土地で人間として暮《く》らすようになったとされています。

それぞれ「五鬼熊《ごきぐま》」「五鬼継《ごきつぐ》」「五鬼童《ごきどう》」「五鬼上《ごきじょう》」「五鬼助《ごきじょ》」と名乗り、宿坊《しゅくぼう》を開いて修験者《しゅげんじゃ》たちの支《し》援《えん》をしてきました。

しかし明治時代になって「修験道廃止令《しゅげんどうはいしれい》」が布告《ふこく》され、五鬼熊《ごきぐま》、五鬼上《ごきじょう》、五鬼童《ごきどう》の三家が、さらに昭和になって五鬼継《ごきつぐ》も前鬼《ぜんき》の土地を去《さ》ってしまい、今では五鬼助《ごきじょ》の家だけが修験者《しゅげんじゃ》や登山者のために宿坊《しゅくぼう》を続けているそうです。

■玉藻前《たまものまえ》

近衛天皇《このえてんのう》の御代《みよ》、久寿《きゅうじゅ》二年（1155年）の頃《ころ》、鳥羽院《とばいん》の御所《ごしょ》に一人の女官《にょかん》が勤《つと》めておりました。藻女《みくずめ》と呼《よ》ばれたその娘《むすめ》は、幼《おさな》い時分に子供《こども》のない夫婦《ふうふ》に拾《ひろ》われて育てられ、この上なく美しく成長しました。

不思議なことに娘《むすめ》の体からは良い香《かお》りが漂《ただよ》い、その美しさで人々を魅了《みりょう》していきます。美しいだけではなく、知識《ちしき》の深さも大層《たいそう》なもので、娘《むすめ》に答えられないことはないとまで言われていました。

「おい、聞いたか、あの娘《むすめ》の話」

「噂《うわさ》によると、この世にあるすべての問題に答えられるのではないかと言われておるぞ」

「美しいだけでなく、賢《かしこ》さまで備《そな》えているとは」

藻女《みくずめ》が「天下一の美しさと国いちばんの賢《かしこ》さの持ち主《ぬし》」であるとの噂《うわさ》が広まり、それは宮中《きゅうちゅう》にまで届《とど》くほどでした。

十八歳《さい》になった藻女《みくずめ》は御所《ごしょ》に女官《にょかん》として仕《つか》え、その美しさと賢《かしこ》さから鳥羽院《とばいん》の寵愛《ちょうあい》を受けるまでになりました。

ある時、鳥羽院《とばいん》が藻女《みくずめ》を試《ため》そうとして仏法《ぶっぽう》の難《むずか》しい教えについて尋《たず》ねますと、彼女《かのじょ》は昔の高名な僧侶《そうりょ》が書物に記《しる》した通りに答えてみせました。

そこで鳥羽院《とばいん》は意地悪く、さらに難《むずか》しい問題を出そうと考えました。

「藻女《みくずめ》よ、夜空には天《あま》の川《がわ》というものがあるが、あれは本当に川なのであろうか?」

藻女《みくずめ》は扇《おうぎ》で顔を隠《かく》しながら、穏《おだ》やかな声で答えます。

「わたくしのような者にどうして天空の理《ことわり》がわかりましょう。けれど、わたくしが考えるにあれは雲の精《せい》なのではないかと」

その答えを聞いた鳥羽院《とばいん》は楽しそうに笑い声をあげ、「雲の精《せい》とな! それは面白《おもしろ》い!」と感心し、すっかり藻女《みくずめ》を気に入ってしまいました。

鳥羽院《とばいん》は藻女《みくずめ》を大いに寵愛《ちょうあい》し、片時《かたとき》も側《そば》から離《はな》そうとしません。

ある日、清涼殿《せいりょうでん》にて詩歌管弦《しいかかんげん》の宴《うたげ》が開かれました。

鳥羽院《とばいん》が藻女《みくずめ》をつれて御簾《みす》のうちから宴《うたげ》を楽しんでおりますと、おりしも強い風が吹《ふ》き込《こ》み、灯籠《とうろう》の火を吹《ふ》き消してしまいました。

真っ暗になった清涼殿《せいりょうでん》の中を、明かりをともそうとする者、急なことで慌《あわ》てふためく者、怯《おび》えて騒《さわ》ぐ者と慌《あわ》ただしい空気が漂《ただよ》います。

と、鳥羽院《とばいん》の隣《となり》に座《すわ》っていた藻女《みくずめ》が静かに立ち上がりました。

「藻女《みくずめ》よ、どうした」

見上げた鳥羽院《とばいん》の目の前で、藻女《みくずめ》の全身が輝《かが》きはじめました。

清涼殿《せいりょうでん》にいた者たちが驚《おど》いて辺《あた》りを見回しますと、鳥羽院《とばいん》と藻女《みくずめ》がいるはずの御簾《みす》の中から光が漏《も》れ出しています。

「見よ、あの光はなんじゃ!?」

「上皇《じょうこう》さまのおられる御簾《みす》の内側から漏《も》れ出ているぞ」

「上皇《じょうこう》さまはご無事なのか?」

光り輝《かがや》く藻女《みくずめ》を見た鳥羽院《とばいん》は、

「不思議なこともあるものよ。これは仏《ほとけ》や菩薩《ぼさつ》の化身に違《ちが》いない」

と驚《おどろ》き、御簾《みす》を上げてみせました。

遮《さえぎ》るものがなくなり、溢《あふ》れ出した光は辺《あた》りを昼間のように明るく照らし出しました。

このことがあってから、藻女《みくずめ》は「玉藻前《たまものまえ》」と呼《よ》ばれるようになったのです。

鳥羽院《とばいん》の寵愛《ちょうあい》はさらに深くなり、玉藻前《たまものまえ》がいなくては昼も夜も明けぬといった様子です。

しかし鳥羽院《とばいん》はこの頃《ころ》から体調を崩《くず》しやすくなり、次第《しだい》に病《やまい》に伏《ふ》せるようになっていきました。

呼《よ》び集められた医師《いし》たちにも原因《げんいん》はわからず、鳥羽院《とばいん》の病《やまい》は重くなっていきます。

医師《いし》たちに混《ま》じって、玉藻前《たまものまえ》も献身的《けんしんてき》に鳥羽院《とばいん》の看病《かんびょう》をしていました。

「なぜ上皇《じょうこう》さまのご病気の原因《げんいん》がわからんのじゃ」

「このままでは上皇《じょうこう》さまのお命が」

「玉藻前《たまものまえ》が寝《ね》る間《ま》も惜《お》しんで、上皇《じょうこう》さまの看病《かんびょう》をなさっているそうだ」

病床《びょうしょう》の鳥羽院《とばいん》も心細いのか、わずかな時間でも玉藻前《たまものまえ》の姿《すがた》が見えないと不安がって騒《さわ》ぐようになっていました。

「玉藻《たまも》はどこじゃ、なぜ玉藻《たまも》がおらんのじゃ！」

床《とこ》の中で玉藻前《たまものまえ》の姿《すがた》を探《さが》してもがく鳥羽院《とばいん》が、やせ細った手を伸《の》ばして這《は》い出そうとします。

「上皇《じょうこう》さま、玉藻《たまも》はここにおりまする。そのように動かれては、お体に障《さわ》りますよ。さあ、どうぞ落ち着いて。玉藻《たまも》は上皇《じょうこう》さまのお側《そば》を離《はな》れたりはしませぬ」

「おお、玉藻《たまも》よ。どこへ行っておったのじゃ。我《われ》の側《そば》を離《はな》れてはならぬ、そなたは我《われ》とともにおるのじゃ」

「上皇《じょうこう》さま、玉藻《たまも》は上皇《じょうこう》さまといつもいっしょにおりますとも。お気をしっかりとお持ちくださいませ。上皇《じょうこう》さまはきっと平癒《へいゆ》なされます」

しかしどれだけ医師《いし》たちが薬を煎《せん》じても、玉藻前《たまものまえ》が献身的《けんしんてき》に看病《かんびょう》しても、鳥羽院《とばいん》の病状《びょうじょう》が快方《かいほう》へ向かう兆《きざ》しは見られません。

宮中《きゅうちゅう》に勤《つと》める陰陽師《おんみょうじ》も密教僧《みっきょうそう》もそれぞれが自分の持てる技術《ぎじゅつ》のすべてを使って、鳥羽院《とばいん》の病《やまい》を癒《いや》すために護摩《ごま》を焚《た》き、祈祷《きとう》をおこないましたが効《き》き目《め》はありません。

「これはただの病《やまい》ではないのかもしれぬ」

「もしかして何かの祟《たた》りなのでは?」

宮中《きゅうちゅう》の大臣《だいじん》や公卿《くぎょう》たちは、陰陽師《おんみょうじ》の安倍泰成《あべのやすなり》に占《うらな》いをさせることにしました。

安倍泰成《あべのやすなり》は眉間《みけん》にシワを寄《よ》せて鳥羽院《とばいん》と、その側《そば》に控《ひか》える玉藻前《たまものまえ》を見つめました。

「上皇《じょうこう》さまを苦しめている病《やまい》の原因《げんいん》がわかりました」

「まことか! して上皇《じょうこう》さまの病《やまい》の原因《げんいん》はなんなのじゃ!?」

安倍泰成《あべのやすなり》は深く頭を下げると、鳥羽院《とばいん》の枕元《まくらもと》に控《ひか》える玉藻前《たまものまえ》にしっかりと視線《しせん》を合わせて口を開きました。

「上皇《じょうこう》さまを苦しめている病《やまい》の原因《げんいん》は、おそらく邪気《じゃき》でございます。邪気《じゃき》が上皇《じょうこう》さまの命を吸《す》い上げているのです」

「して、その邪気《じゃき》を祓《はら》う方法はあるのか!?」

「時は一刻《いっこく》を争います。直《ただ》ちに邪気祓《じゃきばら》いの祈祷《きとう》をおこないたく存《ぞん》じます」

この言葉を聞いて、宮中《きゅうちゅう》は大騒《おおさわ》ぎになりました。

慌《あわ》ただしく準備《じゅんび》が進められ、あちこちの寺から高名な僧侶《そうりょ》が、霊山《れいざん》からは霊力《れいりょく》が高いと噂《うわさ》の修験者《しゅげんじゃ》が、そして陰陽寮《おんみょうりょう》からも人員が集められました。

祭壇《さいだん》が組まれ、鳥羽院《とばいん》の病気平癒《へいゆ》の祈祷《きとう》が大がかりにおこなわれました。しかし、いっこうに良くなる気配《けはい》はありません。

むしろ鳥羽院《とばいん》の様子はますます苦しげになっていきます。

病気が重くなっているのは誰《だれ》の目にも明らかでした。

困《こま》り果《は》てた重臣《じゅうしん》たちは、再《ふたた》び安倍泰成《あべのやすなり》を呼《よ》び出しました。

重臣《じゅうしん》たちに囲まれた安倍泰成《あべのやすなり》は、困《こま》った表情《ひょうじょう》で重い口を開きます。

「それでは申し上げます。上皇《じょうこう》さまを苦しめている病《やまい》の原因《げんいん》は、お側《そば》にいる玉藻前《たまものまえ》のせいでございます。玉藻前《たまものまえ》を上皇《じょうこう》さまから遠ざければ、快癒《かいゆ》なされることでしょう」

集まった重臣《じゅうしん》たちは顔を見合わせました。

「それはいったい、どういうことだ?」

「上皇《じょうこう》さまの病《やまい》の原因《げんいん》が玉藻前《たまものまえ》?」

安倍泰成《あべのやすなり》は、玉藻前《たまものまえ》の正体について語《かた》りはじめました。

「かの者は下野国那須野《しもつけのくになすの》（現在《げんざい》の栃木県那須郡《なすぐん》）に棲《す》まう齢《よわい》百を超える大妖狐《だいようこ》でございます。九つの尾《お》を持ち、面は白く、全身は金色に輝《かがや》いています。美しい女人に化《ば》けては国王に近づき、その命を縮《ちぢ》めて国を奪《うば》おうとする大妖怪《だいようかい》です。その名は金毛白面九尾《こんもうはくめんきゅうび》の狐《きつね》と言い、三国を滅《ほろ》ぼした大悪女でもあります。古代中国の殷《いん》という国では王朝最後の王である紂《ちゅう》の時代に、妲己《だっき》という美女に化《ば》けておりました。紂王《ちゅうおう》と妲己《だっき》は酒池肉林《しゅちにくりん》にふけり、妊婦《にんぷ》の腹《はら》を割《さ》いて胎児《たいじ》の性別《せいべつ》を当てる賭《か》けをおこなったり、大穴《おおあな》に毒蛇《どくじゃ》をいっぱいにつめこんだ蠆盆《たいぼん》や、熱した焙烙《ほうろく》を使って無実の人々を苦しめて悪虐暴政《あくぎゃくぼうせい》の限《かぎ》りをつくしました。周《しゅう》の武王《ぶおう》によって紂王《ちゅうおう》と妲己《だっき》は捕《と》らえられましたが、処刑人《しょけいにん》に魅了《みりょう》の妖術《ようじゅつ》をかけて刑《けい》の執行《しっこう》を妨《さまた》げたりしました。しかし武王《ぶおう》とともにあった仙人《せんにん》の太公望《たいこうぼう》が照魔鏡《しょうまきょう》を使って妲己《だっき》の正体を暴《あば》きました。逃《に》げ出そうとした妲己《だっき》は、太公望《たいこうぼう》に投げつけられた宝剣《ほうけん》によって貫《つらぬ》かれ、三つに分かれて飛散しました。その後、天竺《てんじく》（インド）の摩訶陀国《まがだこく》の王子である班足太子《はんぞくたいし》の妃《きさき》である華陽夫人《かようふじん》としてあらわれました。千人の徳《とく》高い人物の首をはねて殺すように王子をそそのかしましたが、ある日、怪我《けが》を負《お》った華陽夫人《かようふじん》の傷《きず》を診《み》た釈迦《しゃか》の弟子《でし》であり国最高の医者である耆婆《ぎば》に、その正体を見破《みやぶ》られます。慌《あわ》てた華陽夫人《かようふじん》は耆婆《ぎば》が自分に横恋慕《よこれんぼ》して陥《おとしい》れようとしているのだと主張《しゅちょう》しました。しかし耆婆《ぎば》の用意した金鳳山《きんぽうざん》の薬王《やくおう》樹《じゅ》の枝《えだ》によって正体を明かされ、北の空に向かって逃《に》げ出します。三度《みたび》九尾《きゅうび》の狐《きつね》が姿《すがた》をあらわしたのは、周国《しゅうこく》の十二代目の王である幽《ゆう》の時代でした。幽王《ゆうおう》の后《きさき》・褒姒《ほうじ》は美しい女人でしたが、なかなか笑顔を見せないことで有名でした。幽王《ゆうおう》は彼女《かのじょ》を笑わせようとさまざまな手立てを講《こう》じましたが、すべてに失敗してしまいます。ある時、手違《てちが》いから有事の際に使う烽火《ほうか》（のろし）を上げてしまい、慌《あわ》てた諸侯《しょこう》が幽《ゆう》王《おう》の元に集まってきました。慌《あわ》てふためく幽王《ゆうおう》と諸侯《しょこう》の姿《すがた》を見て、褒姒《ほうじ》は声をあげて笑いました。褒姒《ほうじ》の笑顔見たさに幽王《ゆうおう》は何度も烽火《ほうか》を上げ、それに呆《あき》れた諸侯《しょこう》はもはや動くことはありませんでした。後《のち》に褒姒《ほうじ》によって后《きさき》の座《ざ》を追われた申后《しんこう》の一族が周国を攻《せ》めてきた時、上げられた烽《ほう》火《か》を見ても諸侯《しょこう》の誰《だれ》も動かなかったと言います。そのために幽王《ゆうおう》は殺され、褒姒《ほうじ》は捕《と》らえられましたが、処刑《しょけい》前に姿《すがた》をくらましてしまったのです。そうして次にこの国に姿《すがた》をあらわしたのです。遣唐使《けんとうし》であった吉備真備《きびのまきび》の元に可憐《かれん》な少女の姿《すがた》であらわれて、この国に渡《わた》るために船に乗せてほしいと懇願《こんがん》しました。哀《あわ》れに思った真《ま》備《きび》は少女の正体にも気づかずに、大陸の大妖怪《だいようかい》をこの国につれてきてしまったのです。港に到着《とうちゃく》した時にはすでに少女の姿《すがた》はなく、そのまま行方《ゆくえ》がわからなくなっていたのですが、それが玉藻前《たまものまえ》として鳥羽《とば》院《いん》の寵愛《ちょうあい》を受けて宮中《きゅうちゅう》に居座《いすわ》っていたのです」

鳥羽院《とばいん》にも伝えられましたが、鳥羽院《とばいん》は頑《がん》としてそれを信じようとはしませんでした。

悩《なや》んだ安倍泰成《あべのやすなり》は重臣《じゅうしん》たちに向かって「泰山府君《たいざんふくん》」の神を祀《まつ》った祭りを行うように提案《ていあん》し、その幣《ぬさ》取りの役目を玉藻前《たまものまえ》に与《あた》えるように進言しました。

「わたくしにそのような卑《いや》しい役目をお与《あた》えになるとは。陰陽師《おんみょうじ》どのはわたくしに何か含《ふく》むところがあるのでしょうか?」

卑《いや》しい身分の神人《しんじん》が行うような役目を与《あた》えられて不満そうだった玉藻前《たまものまえ》でしたが、鳥羽院《とばいん》の病《やまい》を治《なお》すための重要な役目であり、人々は鳥羽院《とばいん》のために役目を果《は》たす玉藻前《たまものまえ》を称賛《しょうさん》するでしょうと説得されて、しぶしぶ引き受けることになりました。

当日になり、いつも以上に美しく着飾《きかざ》った玉藻前《たまものまえ》が幣《ぬさ》を掲《かか》げてみなの前に姿《すがた》をあらわしました。

組まれた祭壇《さいだん》に色とりどりの幟《はた》、陰陽師《おんみょうじ》だけではなく、前回の祈祷《きとう》同様に高名な僧侶《そうりょ》、神通甚大《じんつうじんだい》と噂《うわさ》のある修験者《しゅげんじゃ》、宗派《しゅうは》を超《こ》えて鳥羽院《とばいん》のために祈《いの》りを捧《ささ》げました。

安倍泰成《あべのやすなり》が祭文《さいぶん》を読み上げる中、玉藻前《たまものまえ》の顔色はどんどんと悪くなっていきました。

儀式《ぎしき》が進み、安倍泰成《あべのやすなり》の声がひときわ大きくなった瞬間《しゅんかん》。

その場で祭文《さいぶん》を読み上げていた修験者《しゅげんじゃ》の一団《いちだん》が突然《とつぜん》さっと立ち上がり、祭文《さいぶん》に合わせて力強く地面を踏《ふ》みしめはじめました。

修験者《しゅげんじゃ》たちの手には刃《やいば》を潰《つぶ》した短刀が握《にぎ》られ、目に見えぬ邪《じゃ》を祓《はら》うように空《くう》を裂《さ》きました。

途端《とたん》に玉藻前《たまものまえ》が前のめりになり、苦しそうに食いしばった歯の間からうめき声が聞こえてきます。

幣《ぬさ》を持つ手がブルブルと震《ふる》え、美しく整った玉藻前《たまものまえ》の顔《かお》かたちが変化しはじめました。

鼻先と口元が大きくせり出し、赤く紅《べに》をひかれた唇《くちびる》の端《はし》からは鋭《するど》く伸《の》びた牙《きば》が見えています。

「うぅっうううぅっ」

人々が見守る中、玉藻前《たまものまえ》は袖《そで》で顔を隠《かく》し、手にしていた幣《ぬさ》を取り落としてしまいます。

陰陽師《おんみょうじ》の読み上げる祭文《さいぶん》の声、密教僧《みっきょうそう》のかき鳴らす数珠《じゅず》の音、修験者《しゅげんじゃ》の踏《ふ》み鳴らす足音と空《くう》を切る短刀の音が大きく重なったその時。

玉藻前《たまものまえ》の頭には三角の狐《きつね》の耳、着物の裾《すそ》からは九本の太い尻尾《しっぽ》があらわれました。

「面妖《めんよう》な!」

「玉藻前《たまものまえ》はいったいどうしたのだ!?」

その場にいる者たちは目の前で起こっていることが理解できず、悲鳴《ひめい》をあげたり、逃《に》げ出そうとしたりで大騒《おおさわ》ぎです。

完全に妖狐《ようこ》の姿《すがた》になった玉藻前《たまものまえ》は、大きく裂《さ》けた口を開くと耳をつんざくような叫《さけ》びをあげると、空へと舞《ま》い上がり、そのまま姿《すがた》を消してしまいました。

宮中《きゅうちゅう》は泣き叫《さけ》ぶ者、腰《こし》を抜《ぬ》かす者、部屋の片隅《かたすみ》で縮《ちぢ》こまってガタガタと震《ふる》える者と、収拾《しゅうしゅう》がつかない状態《じょうたい》です。

「お静まりください。玉藻前《たまものまえ》はやはり狐《きつね》の大妖怪《だいようかい》だったのです。わたしが祭文《さいぶん》の中にまぎれ込《こ》ませておいた破邪《はじゃ》の呪文《じゅもん》、僧侶《そうりょ》のみなさんによる読経《どっきょう》と修験者《しゅげんじゃ》のみなさんによる祈祷《きとう》が功《こう》を奏《そう》し、九尾《きゅうび》の狐《きつね》はここから逃《に》げ出したのです」

安倍泰成《あべのやすなり》の言葉によって宮中《きゅうちゅう》の騒《さわ》ぎは落ち着き、邪気《じゃき》の源《みなもと》であった玉藻前《たまものまえ》が消えたことで鳥羽院《とばいん》の体調も徐々《じょじょ》に回復《かいふく》へと向かっていきました。

それからしばらく後、下野国那須野《しもつけのくになすの》の地で婦女子《ふじょし》がさらわれるという事件《じけん》が立て続けに起こり、これが宮中《きゅうちゅう》から行方《ゆくえ》をくらませた玉藻前《たまものまえ》の仕業《しわざ》ではないかという報告《ほうこく》がもたらされました。

鳥羽院《とばいん》は那須野《なすの》の領主《りょうしゅ》須藤権守貞信《すどうごんのかみさだのぶ》の要請《ようせい》にこたえて、大妖怪九尾《だいようかいきゅうび》の狐《きつね》の討伐隊《とうばつたい》を送り込《こ》むことを決めました。

陰陽師《おんみょうじ》安倍泰成《あべのやすなり》を軍師《ぐんし》に任命《にんめい》し、三浦介義明《みうらのすけよしあき》、千葉介常胤《ちばのすけつねたね》、上総介広常《かずさのすけひろつね》を将軍《しょうぐん》に就《つ》けて討伐軍《とうばつぐん》を那須《なす》野《の》へ向かわせます。

広々とした那須野《なすの》の草原を分け入っていくうちに、討伐隊《とうばつたい》の面々は身を潜《ひそ》めていた九尾《きゅうび》の狐《きつね》を見つけ出しますが、九尾《きゅうび》の狐《きつね》の操《あやつ》る妖術《ようじゅつ》によって戦意を喪失《そうしつ》したり、傷《きず》を負《お》ったりと、多くの犠牲《ぎせい》を出してしまいました。

その後も九尾《きゅうび》の狐《きつね》に戦いを挑《いど》みますが、七日たっても決着はつかず、討伐隊《とうばつたい》の者たちにも疲労《ひろう》が目立ってきます。

それでも少しずつですが、確《たし》かに九尾《きゅうび》の狐《きつね》を追い詰《つ》めていったのです。

上総介《かずさのすけ》と三浦介《みうらのすけ》は「万が一、この狐退治《きつねたいじ》に失敗するようなことがあれば、二度と生きて故郷《こきょう》には戻《もど》るまい」と誓《ちか》いを立てて、神仏《しんぶつ》に祈《いの》り、加護《かご》を願いました。

するとその日の夜、三浦介《みうらのすけ》の夢枕《ゆめまくら》に一人の美しい少女があらわれました。

「三浦介《みうらのすけ》さま、どうかあなたさまのお慈悲《じひ》をたまわりたく存《ぞん》じます。どうかどうか、わたくしをお助けください。このままでは明日、あなたさまに命を奪《うば》われてしまうでしょう。お助けいただければ、あなたさまの望みはなんでも叶《かな》えて差し上げましょう。わたくしを助けてくださいませ」

そう言ってはらはらと涙《なみだ》を流し、三浦介《みうらのすけ》に許《ゆる》しと慈悲《じひ》を請《こ》いました。

しかし三浦介《みうらのすけ》は夢《ゆめ》の中で少女の懇願《こんがん》をきっぱりと拒否《きょひ》し、それと同時に目を覚《さ》ましました。

これは九尾《きゅうび》の狐《きつね》が弱っている証《あかし》だと考えた三浦介《みうらのすけ》は討伐隊《とうばつたい》を集め、

「確実《かくじつ》に狐《きつね》は弱ってきている。今日こそ討《う》ち取るのだ！」

とみんなを鼓舞《こぶ》して那須野《なすの》へと駆《か》け出しました。

討伐隊《とうばつたい》の放《はな》った何十本もの矢を巧《たく》みにかわしながら、那須野《なすの》の草原を九尾《きゅうび》の狐《きつね》は逃《に》げていきます。

しかしついに、蹄《ひづめ》の音を響《ひび》かせながら馬を駆《か》っていた三浦介《みうらのすけ》が放《はな》った二本の矢が、九尾《きゅうび》の狐《きつね》の脇腹《わきばら》と首筋《くびすじ》を貫《つらぬ》きます。もんどり打って倒《たお》れる狐《きつね》の首を、上総介《かずさのすけ》の抜《ぬ》き放《はな》った長刀が一撃《いちげき》で斬《き》り落としました。

都を騒《さわ》がせた大妖怪《だいようかい》はこうして息絶《いきた》えたのです。

ところがこれで終わりではありませんでした。

息絶《いきた》えたはずの九尾《きゅうび》の狐《きつね》の体は、巨大な岩に変化《へんげ》し周囲に毒《どく》を撒《ま》き散《ち》らしはじめたのです。

鳥であれ、動物であれ、近づく生き物すべての命を次々と奪《うば》うようになっていきました。

そのために村人たちはこの毒岩《どくいわ》を「殺生石《せっしょうせき》」と呼《よ》び、恐《おそ》れて近づかないようになっていきました。

この殺生石《せっしょうせき》は鳥羽院《とばいん》の死後もそこにあり続け、周囲の村人たちを苦しめ続けました。

九尾《きゅうび》の狐《きつね》の祟《たた》りともいえる殺生石《せっしょうせき》の毒気《どくけ》を祓《はら》おうと、各地の高僧《こうそう》や陰陽師《おんみょうじ》、修験者《しゅげんじゃ》たちが祈祷《きとう》のためにやってきましたが、その者たちですら、殺生石《せっしょうせき》の放《はな》つ毒気《どくけ》にあてられて倒《たお》れていきます。

打つ手もなく時代は流れ、南北朝時代になってから、那須野《なすの》を通りかかった示現寺《じげんじ》（福岡県喜多方市《きたかたし》）の僧侶《そうりょ》である玄翁和尚《げんのうおしょう》が、恨《うら》みを抱《かか》えて岩となり長い年月を経《へ》た九尾《きゅうび》の狐《きつね》を哀《あわ》れに思い、鎮《しず》めの儀式《ぎしき》をおこないました。

読経《どっきょう》が終わると玄翁和尚《げんのうおしょう》は鉄槌《てっつい》を振《ふ》り上げ、殺生石《せっしょうせき》に振《ふ》り下ろしました。

殺生石《せっしょうせき》は砕《くだ》け、その破片《はへん》は各地へ飛散したと伝えられています。

■用語集

■殺生石《せっしょうせき》

殺生石《せっしょうせき》とは伝説上の架空《かくう》の代物《しろもの》ではなく、実際に存在《そんざい》する溶岩《ようがん》の塊《かたまり》です。

栃木県那須郡那須町《なすぐんなすまち》の湯本温泉《ゆもとおんせん》近くにあります。

国指定の名勝でもあり、松尾芭蕉《まつおばしょう》が『奥《おく》の細道《ほそみち》』で訪《おとず》れたこともある有名な場所です。

この付近は火山性《かざんせい》ガスが噴《ふ》き出しており、その有毒《ゆうどく》ガスによって鳥や獣《けもの》が命を落とすことが知られていました。

付近一帯は「殺生石園地《せっしょうせきえんち》」として観光客が多く訪《おとず》れる観光名所ですが、火山性《かざんせい》ガスの量が多い時には立ち入りが制限《せいげん》されることもあります。

しかしこの殺生石《せっしょうせき》、令和四年三月五日に二つに割《わ》れているのが発見されました。

割《わ》れる数年前からヒビが入っているのが確認《かくにん》されていたので、自然に割《わ》れたのではないかと考えられています。

令和のこの時代に、九尾《きゅうび》の狐《きつね》が復活《ふっかつ》したのではないことを祈《いの》るばかりです。

■玄翁和尚《げんのうおしょう》

南北朝時代の曹洞宗《そうとうしゅう》の僧侶《そうりょ》で、源翁心昭《げんのうしんしょう》とも言います。

彼《かれ》の名前が大工《だいく》道具の一つである「玄能《げんのう》」「玄翁《げんのう》」の由来《ゆらい》となりました。

九尾《きゅうび》の狐《きつね》が変化した殺生石《せっしょうせき》を退治《たいじ》した功績《こうせき》によって、後小松天皇《ごこまつてんのう》に「能昭法王禅師《のうしょうほうおうぜんじ》」の号を贈《おく》られました。

■阿蘇《あそ》に伝わる修験者《しゅげんじゃ》伝説

■長善坊《ちょうぜんぼう》

九州熊本にある阿蘇山《あそさん》の根子岳《ねこだけ》は、修験道《しゅげんどう》の開祖《かいそ》である役優婆塞《えんのうばそく》（役小角《えんのおづぬ》）によって開かれた修行場《しゅぎょうじょう》であると言われています。

金峰山《きんぷぜん》で修行《しゅぎょう》していた役優婆塞《えんのうばそく》が一言主《ひとことぬし》の裏切《うらぎ》りによって伊豆《いず》へと流刑《るけい》となり、その後、罪《つみ》を許《ゆる》された後《あと》で九州に渡《わた》って五〇代の頃《ころ》に根子岳《ねこだけ》を開いたそうです。

自在《じざい》に空を飛び、水の上を歩き回る彼《かれ》らの姿《すがた》を見て、人々は「天狗《てんぐ》」「火乱坊《からんぼう》」と呼《よ》びました。

他に阿蘇《あそ》には「高岳の太郎坊《たかだけのたろうぼう》」や「丹徳坊《たんとくぼう》」などの修験者《しゅげんじゃ》の名前が伝えられています。

この高岳《こうがく》の太郎坊《たろうぼう》の末孫《まっそん》に、長善坊《ちょうぜんぼう》という非常《ひじょう》に神通力の強い修験者《しゅげんじゃ》がいました。

熊本城主《じょうしゅ》である加藤清正《かとうきよまさ》が朝鮮出兵《ちょうせんしゅっぺい》で大変な苦境《くきょう》に陥《おちい》った時、清正《きよまさ》は日本の阿蘇《あそ》に向かって「阿蘇大《あそだい》明神《みょうじん》よ、なにとぞ我《われ》らを助《たす》け給《たま》え」と祈《いの》りを捧《ささ》げました。

その清正《きよまさ》の祈《いの》りを聞き届《とど》けたのが、長善坊《ちょうぜんぼう》でした。

阿蘇山《あそさん》の頂上《ちょうじょう》で修行《しゅぎょう》していた長善坊《ちょうぜんぼう》は、雲間に浮《う》かぶ清正《きよまさ》の姿《すがた》と祈《いの》りの声に応《こた》えるべく、すぐさま行動を起こしました。

懐《ふところ》から紙を取り出すと、そこに呪言《じゅごん》を書きつけ、細かくちぎって口に含《ふく》み、清正《きよまさ》のいる朝鮮《ちょうせん》の地に向かっ

て霧《きり》のように吹《ふ》き出しました。

するとその護符《ごふ》は数百万の軍勢《ぐんぜい》となって清正《きよまさ》のもとに集結し、敵軍《てきぐん》を蹴散《けち》らしてしまいました。

無事に熊本へ戻《もど》ることができた清正《きよまさ》は、さっそく阿蘇山《あそさん》にお礼参《れいまい》りに出かけ、坂梨《さかなし》の大山寺《おおやまでら》に身を寄《よ》せていた長善坊《ちょうぜんぼう》に何度もお礼を言いました。

「わたしとわたしの軍を救《すく》ってくれたお礼に何かを差し上げたいのだが、何がいいだろうか?」

清正《きよまさ》の言葉に、長善坊《ちょうぜんぼう》は首を振《ふ》って「何もいらない。自分はこの生活に満足している」とその申し出を断《ことわ》ります。

しかし清正《きよまさ》が納得《なっとく》しなかったので、とうとう長善坊《ちょうぜんぼう》は根負けして「それでは記念にこの一帯の寺を再《さい》興《こう》してほしい」と言いました。

その言葉に従《したが》って清正《きよまさ》は周辺の寺を再興《さいこう》し、その一つが西巌殿寺《さいがんでんじ》となりました。

また、他にも修験者《しゅげんじゃ》の話は多く伝えられています。

■木連坊《もくれんぼう》

彦山《ひこさん》の木連坊《もくれんぼう》は神通力が強く、修行《しゅぎょう》千日目になってまずおこなったのは、二本の大木を掴《つか》み寄《よ》せ、縄《なわ》のように撚《よ》り合わせることでした。

撚《よ》り合わさった二本の木は繋《つな》がったまま残ったので、その場所を「撚僧坂《ねんぞうざか》」と言います。

ある日、この木連坊《もくれんぼう》が最後の修行《しゅぎょう》のために阿蘇《あそ》にやってきて、御池《みいけ》の縁《ふち》に座《すわ》って御池《みいけ》の主《ぬし》の姿《すがた》を一目見たいと願い、一心に般若心経《はんにゃしんぎょう》を唱《とな》えていました。

すると主《ぬし》の御使《おつか》いである鷹《たか》が姿《すがた》をあらわし、次に人、次に僧侶《そうりょ》、そして小龍《しょうりゅう》、十一面観音《じゅういちめんかんのん》があらわれました。木連坊《もくれんぼう》が心を動かすこともなく経《きょう》を唱《とな》えていると、御池《みいけ》の中から声が聞こえてきました。

「御池《みいけ》の主《ぬし》はお前のような罪《つみ》深い者の眼《め》に触《ふ》れるものではない」

そこで木連坊《もくれんぼう》は「自分は不動明王《ふどうみょうおう》の侍者《じしゃ》であり、第六天の魔王《まおう》にも畏《おそ》れられている身であることを知らぬのか？」と言い返しました。

木連坊《もくれんぼう》の言葉が終わるやいなや、空はかき曇《くも》り、轟《とどろ》く雷鳴《らいめい》や閃《ひらめ》く雷光《らいこう》の中に九頭八面《くずはちめん》の巨大《きょだい》な龍《りゅう》が姿《すがた》をあらわしました。

山より高い頭には一面ごとに三つの眼《め》が輝《かがや》き、口から炎《ほのお》を吐《は》き出して木連坊《もくれんぼう》など一呑《ひとの》みできてしまうでしょう。

尾《お》は峰《みね》よりも長く、一振《ひとふ》りで大岩も砕《くだ》いてしまいそうです。

木連坊《もくれんぼう》は心を奮《ふる》い立たせるために、気合を込《こ》めて手にした金剛杵《こんごうしょ》を巨大龍《きょだいりゅう》に投げつけました。

空《くう》を切った金剛杵《こんごうしょ》は巨大龍《きょだいりゅう》の正面の一眼《いちがん》に当たり、火花が散《ち》ったと思われた瞬間《しゅんかん》、空は穏《おだ》やかに晴れ上がりました。

その後、木連坊《もくれんぼう》は下山している最中にひどい大雨に遭《あ》い、駆《か》け込《こ》んだ小屋で一人の美女に出会います。

木連坊《もくれんぼう》は楽しい時間を過《す》ごしましたが、やがて美女は彼《かれ》に絡《から》み出し、その結果、木連坊《もくれんぼう》は舌《した》を切られて気絶《きぜつ》してしまいました。

目を覚《さ》ました木連坊《もくれんぼう》が不動明王《ふどうみょうおう》に祈《いの》って元の姿《すがた》を取り戻《もど》すと、空中から声が響《ひび》き渡《わた》りました。

「自分の真の姿《すがた》は極楽《ごくらく》では弥陀《みだ》、娑婆《しゃば》では十一面観音《じゅういちめんかんのん》である。それなのにお前がその本来の姿《すがた》を見ることができないとは何としたことだ」

木連坊《もくれんぼう》のおはなしはここで終わっています。

わたし自身の考えになってしまいますが、木連坊《もくれんぼう》は自分を「不動明王《ふどうみょうおう》の侍者《じしゃ》であり、第六天魔王《まおう》にも畏《おそ》れられている」存在《そんざい》であると告《つ》げるほど、うぬぼれていたのではないでしょうか。

厳《きび》しい修行《しゅぎょう》をこなし、神通力を得《え》た自分を過信《かしん》していたからこそ、御池《みいけ》の主《ぬし》である存在《そんざい》は「罪《つみ》深い者」である木連坊《もくれんぼう》の前に姿《すがた》をあらわすことをしなかったのではないかと思います。

取り残された木連坊《もくれんぼう》がこの後、どうしたのかは語られていません。

修行《しゅぎょう》をやり直したのか、怒《おこ》って山を下りたかは、みなさんの想像《そうぞう》におまかせします。

■百鬼夜行《ひゃっきやぎょう》に遭《あ》う

ある修行中《しゅぎょうちゅう》の修験者《しゅげんじゃ》が、摂津国《せっつのくに》（現在《げんざい》の大阪府北西部と兵庫県南東部）にさしかかったところで日が暮《く》れてしまいました。

そこには竜泉寺《りゅうせんじ》と書かれた扁額《へんがく》を掲《かか》げた大きな古い寺がありましたが、誰《だれ》も住んでいる人がいないらしく、真っ暗で荒《あ》れ果《は》てていました。

とても人が泊《と》まれるような場所ではないと思いましたが、残念ながらその周辺には他に夜を明かせそうな場所がありませんでしたので、

「仕方《しかた》がない。屋根のある場所で眠《ねむ》れるだけでもありがたい」

と、荷物を下ろしてお堂の中に入りました。

夜中頃《ごろ》、修験者《しゅげんじゃ》がお堂の中で不動明王《ふどうみょうおう》の呪文《じゅもん》を唱《とな》えておりますと、外から大勢《おおぜい》の人の声が聞こえてきて、しかもそれがだんだんと近づいてくるようです。

お堂の破《やぶ》れ障子《しょうじ》からそっと覗《のぞ》いてみますと、手に手に明かりを灯《とも》して百人ほどの者たちが、このお堂に集まってくるのがわかりました。

そしてその者たちはみな、異様な者たちで人ではなかったのです。

修験者《しゅげんじゃ》は「これは山に棲《す》む化《ば》け物《もの》たちの集会所に違《ちが》いない。いやはや、とんでもないところに来てしまっ

たものだ」と考えましたが、逃《に》げ出すにはもう遅《おそ》すぎます。

恐《おそ》ろしく思っていましたが、どうすることもできず、修験者《しゅげんじゃ》は口の中で小さく不動明王《ふどうみょうおう》の真言《しんごん》を唱《とな》えながらじっと座《すわ》っていました。

やがてガヤガヤとお堂の中に入ってきた化《ば》け物《もの》たちは、車座《くるまざ》になって座《すわ》りました。

しかし、その中の一人だけが、座《すわ》る場所がなくて怪訝《けげん》な顔をしています。

手にしていた明かりを振《ふ》り回しながら、冷《ひ》や汗《あせ》をかく修験者《しゅげんじゃ》の前まで来ると
「わしが座《すわ》るべき場所に、見たこともない、新しい不動様が座《すわ》っておいでなさる。申《もう》し訳《わけ》ないが、今宵《こよい》ばかりは、他の場所にお移《うつ》りくだされ」

と言って、修験者《しゅげんじゃ》の体を掴《つか》み上げると、そのままお堂の軒下《のきした》に移動《いどう》させました。

そのうちに「もう明け方だ」と言って、集まった者たちは大騒《おおさわ》ぎしながらお堂を出て、帰っていきました。

それを見送った修験者《しゅげんじゃ》は、大きく安堵《あんど》のため息をつきながら、

「なんと気味が悪く、恐《おそ》ろしいところなのだろう。早く夜が明けてくれ。陽の光が差したら、すぐにここから出ていこう」

と考えていました。

ようやく空が白みはじめ、人心地ついた修験者《しゅげんじゃ》が周囲を見回しますと、あったはずの古びた寺がありません。

前日にはるばると自分が通ってきたはずの野原も、人が踏《ふ》み分けた道も見当たりません。これからどこへ向かえばいいかもわからなくなってしまった修験者《しゅげんじゃ》が、途方《とほう》に暮《く》れて座《すわ》り込《こ》んでいますと、馬に乗った人たちが大勢《おおぜい》のお供《とも》の者を引き連れてやってくるのが見えました。

修験者《しゅげんじゃ》はその人たちの方へ駆《か》け寄《よ》り、

「もし、ちょっとお尋《たず》ねいたします。ここはいったい、何というところなのでしょうか?」

と声をかけました。

修験者《しゅげんじゃ》の姿《すがた》に馬を止めた一行《いっこう》は、不思議そうな顔をしながら、

「なぜ、そのようなことをお聞きになるのでしょうか? ここは肥前国《ひぜんのくに》(現在《げんざい》の佐賀県全域《ぜんいき》と長崎県にまたがる地域《ちいき》)ではありませんか」

と答えます。

修験者《しゅげんじゃ》はそれを聞いて驚《おどろ》くと「これはなんとも、思いがけないことだ」と思い、自分が体験した不思議な一夜のことを詳《くわ》しく説明しました。

修験者《しゅげんじゃ》の話を聞いた一行《いっこう》も、

「それは奇妙《きみょう》な体験をなされましたな。肥前国《ひぜんのくに》とは言っても、ここはそのまた奥《おく》にある郡です。わたしたちは国司《こくし》の庁舎《ちょうしゃ》へ向かう途中《とちゅう》なのです。よろしければ、わたしたちといっしょにおいでになりますか?」

と言葉をかけてくれました。

修験者《しゅげんじゃ》はたいそう喜んで、

「このままでは道もわかりませんので、道のあるところまで連れて行ってもらえないでしょうか」

と言って、一行《いっこう》の後《うしろ》からついて行くことにしました。

一行《いっこう》が修験者《しゅげんじゃ》を道のあるところまで案内すると、そこから京の都へ行ける道などを教えてくれたので、修験者《しゅげんじゃ》は礼を言うと、船を求めてそこから京へと戻《もど》ることができました。

■修験者《しゅげんじゃ》のうっかりミス「釘《くぎ》を打て」

山の麓《ふもと》に住む修験者《しゅげんじゃ》の家へ、近隣《きんりん》に住んでいる女人が密《ひそ》かにやってきてこう頼《たの》みました。

「どうぞわたしの話を聞いてください。わたしには憎《にく》くて憎《にく》くてたまらない相手《あいて》がいるのです。そのことばかり考えてしまい、何かをせずにはいられない気持ちになって、この一本の釘《くぎ》に、わたしの抱《かか》える苦しみと憎《にく》しみを毎日思い念じてきました。どうかお願いします。わたしの代《か》わりにこの釘《くぎ》で呪《のろ》いをかけていただきたいのです」

それを聞いた修験者《しゅげんじゃ》は、女人の頼《たの》みを断《ことわ》り、思い直すように言い聞かせました。

「そんなことはおやめなさい。相手《あいて》を呪《のろ》ったからと言って、あなたに良いことなど何一つありはしないでしょう。そんな者のことは忘《わす》れて、あなた自身が幸せに暮《く》らすことをお考えなさい」

ですが女人の決意は固く、どれだけ修験者《しゅげんじゃ》が言葉をつくしても引き下がろうとしません。

「お願いです。どうぞわたしの代《か》わりに、この釘《くぎ》で憎《にく》い相手《あいて》を打ちのめしてください。そうしなければ、わたしの気持ちがどうにもおさまりません」

困《こま》り果《は》てた修験者《しゅげんじゃ》は、とうとう根負けして、

「それならば、ともかくその釘《くぎ》を預《あず》かっておきましょう」

と告《つ》げ、女人から釘《くぎ》を受け取って帰らせました。

修験者《しゅげんじゃ》はもとから釘《くぎ》を使うつもりはなく、箱の中にしまい込《こ》むと、誰《だれ》の目にもつかない場所に保管《ほかん》しておくことに決めました。

それから十日ばかり過《す》ぎた頃《ころ》。

またしても修験者《しゅげんじゃ》のところに女人が訪《たず》ねてきました。

「御坊《おぼう》さま、どうしてあの釘《くぎ》を打ってくださらないのですか？　他の人に悟《さと》られまいと、深く包《つつ》み隠《かく》してきたわたしの苦しみを晴らしていただきたいと、お頼《たの》みするために恥《はじ》を忍《しの》んですべてお話ししましたのに。それをわたしの妄想《もうそう》、つくり話だとでも思っていらっしゃるのでしょうか？」

女人は修験者《しゅげんじゃ》に掴《つか》みかからんばかりの勢《いきお》いでまくしたてます。

その恨《うら》めしげな有り様に、修験者《しゅげんじゃ》はこのように考えました。

『ここまで思い詰《つ》めた恨《うら》みやつらみ、いくら考え直すように言い聞かせようとも従《したが》わないだろう。ここで自分が断《ことわ》れば、きっと女人自身で呪詛《じゅそ》をおこなうに違《ちが》いあるまい。この場はどうにかして誤魔化《ごまか》し、切り抜《ぬ》けるしか方法はないだろう』

そこで修験者《しゅげんじゃ》は無理矢理《むりやり》に笑《え》みを浮《う》かべて、女人に向かってこのように語りました。

「あなたがあれほど思い詰《つ》めて語ったことを、どうしてつくり話などと思うものですか。あなたから釘《くぎ》を預《あず》かった後、すぐに釘《くぎ》を打って呪《のろ》いをかけたのですが、まるで効《き》き目《め》がなかったのですか？」

これを聞いた女人は息を呑《の》み、表情《ひょうじょう》を和《やわ》らげて怒《いか》りを納《おさ》め、謝《あや》まりました。

「ではもう呪《のろ》いをかけてくださったのですね。あやつが相変《あいか》わらずピンピンしているので、まだわたしの頼《たの》みを聞いていただけていないのかと思い、恨《うら》み言を申してしまいました。どうかお許《ゆる》しください」

女人を落ち着かせることに成功した修験者《しゅげんじゃ》は、もっともらしい顔をつくると、さらに言葉を重《かさ》ねて告《つ》げました。

「うむ。すぐに効果《こうか》が出ないからといって、それが偽《いつわ》りということではないのですよ。月日を経《へ》てからその効果《こうか》があらわれることもあるでしょう。焦《あせ》らず、気長にのんびりと待つのがよろしかろう」

このように言い聞かせて女人を帰らせて以降、彼女《かのじょ》が修験者《しゅげんじゃ》の家を訪《たず》ねてくることはなかったので、すっかり釘《くぎ》のことを忘《わす》れてしまっていました。

ある時、修験者《しゅげんじゃ》はとある理由から木箱が必要になり、手頃《てごろ》な物がなかったので自分でつくることにしました。

家の奥《おく》から大工《だいく》道具を引っ張《ぱ》り出し、器用に木箱をつくり上げます。

それから四、五日ばかり過《す》ぎた頃《ころ》、久《ひさ》しぶりに女人が修験者《しゅげんじゃ》を訪《たず》ねてきました。

「お久《ひさ》しゅうございます。いつぞや密《ひそ》かにお頼《たの》みしました通りに、わたしの代《か》わりに釘《くぎ》を打っていただいたおかげで、憎《にく》む相手《あいて》は死にました。ありがとうございました」

晴れ晴れとした顔で、嬉《うれ》しげに女人が言うのを聞いて驚《おどろ》いた修験者《しゅげんじゃ》は、いったい何がどうしたのかと思いを巡《めぐ》らせました。

そして思い至《いた》ったのは、先日、木箱をつくるために大工《だいく》仕事をした時の釘《くぎ》でした。

『しまった！　あの釘《くぎ》はこの者から預《あず》かった呪《のろ》いの釘《くぎ》であったか！　わしがすっかりそのことを忘《わす》れて、何気なく釘《くぎ》を打ってしまったせいで、打たれると同時に憎《にく》む相手《あいて》を祟《たた》ったに違《ちが》いない。ああ、思いがけず人を害してしまった。なんということだ』

修験者《しゅげんじゃ》は後悔《こうかい》の気持ちを押《お》し隠《かく》し、満面の笑みを浮《う》かべる女人にこう言うしかありませんでした。

「そうでしょう。毎日祈念《きねん》した効力《こうりょく》があらわれたのでしょうね」

しかし修験者《しゅげんじゃ》はこの出来事を、以後ずっと嘆《なげ》き続けたのです。

■道教《どうきょう》の影響《えいきょう》が色濃《こ》く残る『牛郎織女《ぎゅうろうしょくじょ》』

キー、パタン。

キー、パタン。

静かな空気の中に、機《はた》を織《お》る規則的《きそくてき》な音が響《ひび》きます。

ここは天界に流れる天《あま》の川《がわ》の東岸、機織《はたお》り仙女《せんにょ》たちの住まう場所。

この場所を支配《しはい》するのは仙女《せんにょ》たちの頂点《ちょうてん》にある天の女帝《じょてい》・西王母《せいおうぼ》です。

特に機《はた》を織《お》るのが上手《じょうず》な者たちが集められ、天界の神々が着用する「天衣《てんえ》」と呼《よ》ばれる雲錦《うんきん》を織《お》り上げておりました。

西王母《せいおうぼ》の孫《まご》の一人、織女《しょくじょ》も毎日「天梭《てんさ》」を使って雲錦《うんきん》を織《お》る仕事に明け暮《く》れていましたが、正直なところ、そんな毎日に飽《あ》きていました。

「あーあ、毎日毎日同じことのくり返し。何も面白《おもしろ》いことなどありはしない。退屈《たいくつ》でうんざりしてしまうわ。どこかに楽しいことはないのかしら?」

そんなある日、織女《しょくじょ》は姉妹《しまい》たちといっしょに水浴《みずあ》びをするため、人気のない下界の碧蓮池《へきれんち》の辺《あた》りに降りていくことになりました。

空を飛ぶための羽衣《はごろも》を近くの木の枝《えだ》にかけ、冷たい水で体を清《きよ》めている仙女《せんにょ》たちは、離《はな》れた場所から自分たちを見つめている者がいることに気がついていません。

「本当に仙女《せんにょ》さまがいる」

そこにいたのは牛飼《うしか》いをしている牽牛郎《けんぎゅうろう》です。

真面目《まじめ》な牽牛郎《けんぎゅうろう》は朝から夜まで牛の世話をして暮《く》らしていました。

ですが年頃《としごろ》になった牽牛郎《けんぎゅうろう》には出会いもなく、牛以外には話をする者もなく生活していました。

それを哀《あわ》れに思ったのか、ある時、一頭の牛が突然《とつぜん》牽牛郎《けんぎゅうろう》に話しかけてきました。

「ご主人よ、あなたは真面目《まじめ》で良い人間なのに、良縁《りょうえん》に恵《めぐ》まれないばかりに一人寂《さび》しい生活をしています。わたしはあなたに幸せになってもらいたいと考えました。ご主人よ、わたしの話を信じて碧蓮池《へきれんち》へ向かうのです。そこへ行けば、この世で最も美しい妻《つま》を手に入れることができるでしょう」

いきなり話しかけられた牽牛郎《けんぎゅうろう》は驚《おどろ》きながら、どういうことなのかと牛に問いかけました。

「ここであなたに詳《くわ》しく話すことはできないのです。どうかわたしの言葉を信じて、このまま碧蓮池《へきれんち》へ向かってください」

しばらくの間、考え込《こ》んでいた牽牛郎《けんぎゅうろう》でしたが、碧蓮池《へきれんち》へ向かうことに決めました。

池にたどり着いてみると、そこで美しい女性《じょせい》たちが水浴《みずあ》びをしているのが見えます。

牽牛郎《けんぎゅうろう》が女性《じょせい》たちに目を奪《うば》われていると、側《そば》に来た飼《か》い牛がまた話しかけてきました。

「さあ、ご主人。そこの木の枝《えだ》にかかっている羽衣《はごろも》を一枚隠《いちまいかく》すのです。あの女性《じょせい》たちは天界に住む仙女《せんにょ》です。羽衣《はごろも》がなければ天に帰ることはできません。さあ早く」

牛の言葉に牽牛郎《けんぎゅうろう》は近くにあった木の枝《えだ》にかかっている羽衣《はごろも》に手をかけました。

羽衣《はごろも》を懐《ふところ》に隠《かく》した牽牛郎《けんぎゅうろう》がその場を離《はな》れると、水浴《みずあ》びを終えた仙女《せんにょ》たちが羽衣《はごろも》をまとい、次々と天に戻《もど》っていく中で、一人だけが困《こま》ったようにウロウロとしています。

牽牛郎《けんぎゅうろう》が隠《かく》した羽衣《はごろも》の持ち主《ぬし》である織女《しょくじょ》です。

どうしても羽衣《はごろも》が見つからず、とうとう織女《しょくじょ》はその場で泣き出してしまいました。

「そこの娘《むすめ》さん、どうされましたか?」

相手《あいて》を驚《おどろ》かせないように、牽牛郎《けんぎゅうろう》は身を隠《かく》していた木陰《こかげ》から姿《すがた》をあらわし、そっと織女《しょくじょ》に向かって声をかけました。

「あなたはどなたですか?」

話しかけられた織女《しょくじょ》は、警戒《けいかい》した顔つきで牽牛郎《けんぎゅうろう》の方を見ています。

「わたしはここの近くで牛飼《うしか》いをしている牽牛郎《けんぎゅうろう》という者です。たまたま近くを通りかかった時に、あなたが泣いている姿《すがた》が見えたもので……」

自分が羽衣《はごろも》を隠《かく》したことで目の前の仙女《せんにょ》が悲しんでいることを思って胸《むね》が痛《いた》みましたが、それよりも仙女《せんにょ》の美しさに心を奪《うば》われてしまいました。

「わたくしは天《あま》の川《がわ》のほとりに住む仙女《せんにょ》です。姉たちといっしょに碧蓮池《へきれんち》に水浴《みずあ》びにやってきましたが、羽衣《はごろも》を失くして、天に帰れなくなってしまったのです」

「天に帰れないのであれば、わたしのところにいらっしゃいませんか？　わたしはあなたを一目見て心を奪《うば》われてしまいました。どうかわたしの妻《つま》になってほしいのです」

しゃがみこんで泣き続ける織女《しょくじょ》の前に膝《ひざ》をつき、牽牛郎《けんぎゅうろう》は求婚《きゅうこん》の言葉を口にしました。

織女《しょくじょ》は考え込《こ》んでいましたが、羽衣《はごろも》が見つからなければ天に戻《もど》ることはできません。

「わかりました、あなたのところに参りましょう。もはや天に帰ることのできない身です。あなたにすがるしかないでしょう」

織女《しょくじょ》は牽牛郎《けんぎゅうろう》の求婚《きゅうこん》を受け入れ、彼《かれ》の妻《つま》になることにしました。

こうして二人は夫婦《ふうふ》となって暮《く》らしはじめました。

二人の間には一人の男の子と一人の女の子が生まれ、まるで仙女《せんにょ》であったことを忘《わす》れてしまったかのようでした。

しかし、牽牛郎《けんぎゅうろう》と織女《しょくじょ》の穏《おだ》やかで幸せな生活は、長くは続きませんでした。

消えてしまった孫《まご》の行方《ゆくえ》を探《さが》していた仙境《せんきょう》の西王母《せいおうぼ》が、人間の男性《だんせい》と結婚《けっこん》した織女《しょくじょ》を見つけたのです。

天界の戒律《かいりつ》で人間と神仙《しんせん》の結婚《けっこん》は禁《きん》じられています。

その決まりを破《やぶ》った織女《しょくじょ》に怒《おこ》った西王母《せいおうぼ》は天の軍隊《ぐんたい》「天兵」を送り込《こ》んで、織女《しょくじょ》を捕《と》らえて天界へと連れ帰ってしまったのです。

地上に残された子供《こども》たちは、母を恋《こい》しがって毎日泣き暮《く》らしていました。

牽牛郎《けんぎゅうろう》も愛《いと》しい妻《つま》を連れ去《さ》られ、仕事をする気力も失ってぼんやりと日々を送っています。

どれだけ嘆《なげ》き暮《く》らしても、人間である彼《かれ》らには天に昇《のぼ》る方法はありません。

牽牛郎《けんぎゅうろう》が途方《とほう》に暮《く》れていると、彼《かれ》の飼《か》い牛が再《ふたた》び話しかけてきました。

「ご主人よ。わたしが死んだら、わたしの皮で靴《くつ》をつくってください。その靴《くつ》を履《は》けば、ご主人でも天界に昇《のぼ》ることができるでしょう」

そうこうしているうちに、飼《か》い牛は死んでしまいました。

牽牛郎《けんぎゅうろう》は飼《か》い牛に言われた通りに皮で靴《くつ》をつくり、それを履《は》いて子供《こども》たちを連れ、天界へと旅立ちました。

たどり着いた天界で三人は織女《しょくじょ》を探《さが》し回っていましたが、それを知った西王母《せいおうぼ》は大変に怒《いか》り、彼《かれ》の織女探《しょくじょさが》しを邪魔《じゃま》するようになりました。

西王母《せいおうぼ》が決して自分のことを孫婿《まごむこ》として認《みと》めないことはわかっていましたが、それでも愛《いと》しい妻《つま》を探《さが》すことをやめるわけにはいきません。

諦《あきら》めずに織女《しょくじょ》を探《さが》し回っていると、西王母《せいおうぼ》は牽牛郎《けんぎゅうろう》に一つの条件《じょうけん》を出しました。

「姿形《すがたかたち》を隠《かく》したわたくしの孫《まご》、七人の仙女《せんにょ》の中から織女《しょくじょ》を選び出すことができたなら会うことを許《ゆる》しましょう」

牽牛郎《けんぎゅうろう》と子供《こども》たちが機織《はたお》り場に向かうと、そこには顔を布《ぬの》で隠《かく》し、同じ衣装《いしょう》を身に着けた七人の女性《じょせい》が待っていました。

「さあ、この中から織女《しょくじょ》を探《さが》し出してみせよ。答えを許《ゆる》すのは一回限《かぎ》りじゃ。ここで間違《まちが》えたならおとなしく下界へ戻《もど》り、二度と織女《しょくじょ》とは会えないと思え」

髪型《かみがた》から背格好《せかっこう》まで同じに見える七人の女性《じょせい》の前で、どれが自分の妻《つま》なのかもわからず、牽牛郎《けんぎゅうろう》は困《こま》り果《は》ててしまいました。

頭を抱《かか》える牽牛郎《けんぎゅうろう》でしたが、子供《こども》たちは違《ちが》いました。

「お母さま!」

「お母さまだわ!」

兄妹《きょうだい》は満面の笑《え》みを浮《う》かべ、七人の中の一人に駆《か》け寄《よ》りました。

選ばれた一人は顔の布《ぬの》を取り払《はら》い、涙《なみだ》を浮《う》かべて子供《こども》たちを抱《だ》き締《し》めました。確《たし》かに織女《しょくじょ》です。

「織女《しょくじょ》!」

「牽牛郎《けんぎゅうろう》さま!」

しっかりと手を取り合う家族の姿《すがた》に、西王母《せいおうぼ》は歯噛《はが》みします。

「西王母《せいおうぼ》さま、牽牛郎《けんぎゅうろう》さまたちは見事にわたくしを言い当てました。どうかお約束《やくそく》通り、わたくしたち家族を人間界へ戻《もど》してください」

織女《しょくじょ》の訴《うった》えに対し、西王母《せいおうぼ》の答えは予想外のものでした。

「織女《しょくじょ》を捕《と》らえて天牢《てんろう》に繋《つな》いでおくのじゃ！　再《ふたた》び人間界に降りるなど許《ゆる》さぬ！」

西王母《せいおうぼ》の命令を受けて天兵が家族から織女《しょくじょ》を引き離《はな》し、天界の牢獄《ろうごく》へ連れ去《さ》ろうとしました。

牽牛郎《けんぎゅうろう》が織女《しょくじょ》を追いかけ、もう少しでたどり着こうとした時、西王母《せいおうぼ》は金の簪《かんざし》を抜《ぬ》くと二人に向かって一振《ひとふ》りしたのです。

途端《とたん》に天《あま》の川《がわ》が大波を引き起こして牽牛郎《けんぎゅうろう》と子供《こども》たちを押《お》し流し、家族を天《あま》の川《がわ》の両岸に隔《へだ》ててしまいました。

牽牛郎《けんぎゅうろう》や子供《こども》たちと引き離《はな》された織女《しょくじょ》は気力を失い、仕事をすることもなく、食事を摂《と》ることも拒《こば》んで弱っていきました。

不死を得《え》た仙女《せんにょ》とはいえ、生きていく気力を失ってしまえば、その先に待っているのは死です。

だんだんと衰弱《すいじゃく》していく織女《しょくじょ》の姿《すがた》に、さすがの西王母《せいおうぼ》も心を痛《いた》めました。

家族に会いたいと願う織女《しょくじょ》のために、毎年七月七日の一日だけ天《あま》の川《がわ》にカササギの橋をかけ、彼《かれ》らが会うことを許《ゆる》しました。

この物語は日本でもおなじみの「七夕《たなばた》」にまつわるエピソードです。

天女《てんにょ》の持ち物である羽衣《はごろも》を隠《かく》すことで、美しい娘《むすめ》を妻《つま》にする「羽衣伝説《はごろもでんせつ》」は形を変えて各地で伝わっ

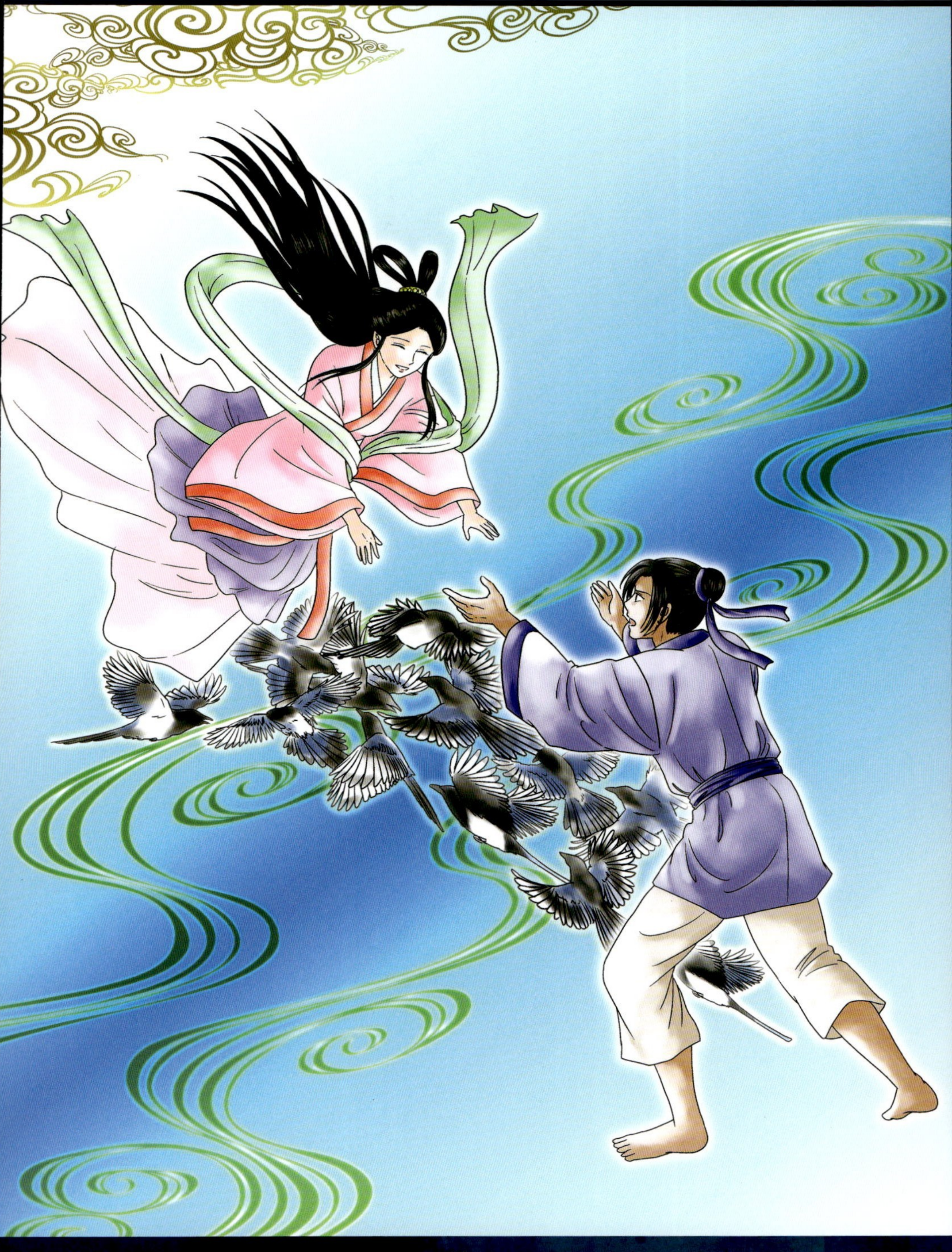

ていますが、七夕《たなばた》の物語もその一つです。

織女《しょくじょ》（織姫《おりひめ》）は天帝《てんてい》の娘《むすめ》であったり、牽牛《けんぎゅう》（彦星《ひこぼし》）の妻《つま》となって仕事もせずに遊び暮《く》らしたために夫婦《ふうふ》の仲《なか》を引き裂《さ》かれたり、七夕《たなばた》の夜に雨が降ると天《あま》の川《がわ》の水量が増《ふ》えて橋が隠《かく》れるためカササギが二人のために橋になったりと、いくつかのバージョンがあります。

この『牛郎織女《ぎゅうろうしょくじょ》』の物語の中に登場する「西王母《せいおうぼ》」は、中国西方崑崙山《さいほうこんろんざん》に住んでいる女仙《にょせん》たちを支配《しはい》している女神です。

「瑤池金母《どうきょう》」「王母娘娘」とも呼《よ》ばれる存在《そんざい》で、『西遊記《さいゆうき》』では仙桃《せんとう》の実《みの》る蟠桃園《ばんとうえん》の女主人でもあります。道教《どうきょう》における事実上の最高神である玉皇大帝《ぎょくこうたいてい》の妻《つま》であり、この上なく美しいと表現される西王母《せいおうぼ》ですが、中国最古の地理書であるとされる『山海経《せんがいきょう》』によれば、その姿《すがた》は、「人の姿《すがた》で豹《ひょう》の尾《お》、虎《とら》の歯。よく唸《うな》り、蓬髪《ほうはつ》で宝玉《ほうぎょく》の頭飾《あたまかざ》りを戴《いただ》き、天の疫病《えきびょう》と五種類の刑罰《けいばつ》を司《つかさど》る存《そん》在《ざい》」という異形《いぎょう》のものです。

どのような経緯《けいい》をたどって現在《げんざい》の美女の姿《すがた》に落ち着いたのかは謎《なぞ》ですが、旧暦《きゅうれき》の三月三日は西王母《せいおうぼ》の誕生日《たんじょうび》とされ、この日には神々が彼女《かのじょ》の住まう瑤池《ようち》に集まって宴会《えんかい》を開くと言われています。

修験者《しゅげんじゃ》の装束《しょうぞく》

修験道《しゅげんどう》の修行者《しゅぎょうしゃ》である修験者《しゅげんじゃ》（山伏《やまぶし》）の装束《しょうぞく》は非常《ひじょう》に独特《どくとく》なものとなっています。

この服装《ふくそう》にはどういった意味があるのか見てみましょう。

基本《きほん》の法衣《ほうい》は頭に頭巾《ときん》をつけ、体には篠懸《すずかけ》、括袴《くくりばかま》、結袈裟《ゆいげさ》、尻《しり》には引敷《ひっしき》と呼《よ》ばれる獣《けもの》の皮をあて、白い手甲《てっこう》、脚絆《きゃはん》、乱緒《みだれお》をはいて、念珠《ねんじゅ》に護摩刀《ごまかたな》、橋扇《きょうせん》、蒲葵扇《びろうせん》、走索《そうさく》、螺緒《かいのお》、法螺貝《ほらがい》、錫杖《しゃくじょう》、金剛杖《こんごうじょう》、笈《おい》、斑蓋《はんがい》を手にしています。

聞き慣《な》れないものばかりだと思いますので、一つずつ解説していきましょう。

◆頭巾《ときん》

「兜巾《ときん》」「頭襟《ときん》」とも書きます。

唐《とう》の役人が被《かぶ》っていた「幞頭《ぼくとう》」と呼《よ》ばれる帽子《ぼうし》を模《も》した被《かぶ》り物です。

役優婆塞《えんのうばそく》が大赦《たいしゃ》によって配流先《はいるさき》の伊豆大島《いずおおしま》から戻《もど》ってきたときに、文武天皇《もんむてんのう》から黒色の冠《かんむり》を下賜《かし》されたことが由来とされています。

元々の頭巾《ときん》はすっぽりと被《かぶ》るタイプのものでしたが、江戸時代以降に小型化が進みました。

布《ぬの》を黒漆《くろうるし》で塗《ぬ》り固め、宝珠《ほうじゅ》の形をした丸く小さいものが一般的《いっぱんてき》です。

現代では紙製の軽い簡単《かんたん》なつくりのものが主流ですが、そもそもは木製で、修行中《しゅぎょうちゅう》に落下してくる石や木の枝《えだ》から頭部を守り、水をくんだりするためにも使用されていました。

被《かぶ》る、というよりも額《ひたい》の上に載《の》せるようにしてアゴの下でヒモを結んでとめます。

首からかける細長い布《ぬの》を縫《ぬ》い合わせた袈裟《けさ》の一種で、修行中《しゅぎょうちゅう》に降《ふ》りかかる災《わざわ》いから修験者《しゅげんじゃ》を守る物です。

◆**結袈裟《ゆいげさ》**

「十界具足の結袈裟《ゆいげさ》」または「不動袈裟《ふどうげさ》」とも呼《よ》ばれます。

修験道《しゅげんどう》の教義書《きょうぎしょ》である『修験心鑑鈔《しゅげんしんかんしょう》』の中には、このような話があります。

役優婆塞《えんのうばそく》（役小角《えんのおづぬ》）が山中にこもって修行《しゅぎょう》をしていた時、そのあまりの修行《しゅぎょう》の激《はげ》しさに彼《かれ》の袈裟《けさ》はひどく破損《はそん》していました。

ある日、一匹《ぴき》の老猿《ろうえん》が役優婆塞《えんのうばそく》の元に訪《おとず》れました。

老猿《ろうえん》は袈裟《けさ》を手にとって丁寧《ていねい》にたたむと、それを葛《かずら》のツタで結び、役優婆塞《えんのうばそく》の肩《かた》にそっとかけ直したのです。

この老猿《ろうえん》の行動に驚《おどろ》き、尊《とうと》んだ役優婆塞《えんのうばそく》は「お前は猿《さる》の姿《すがた》をしてはいるが、心は人間と何も変わらない。畜生《ちくしょう》と呼《よ》ばれる猿《さる》ではあるが、今のように善行《ぜんこう》を積むならば必ず人間界に生を受けることができるだろう。さあ、人となれ、人となるのだ」と告《つ》げました。

結袈裟《ゆいげさ》には「梵天《ぼんてん》」と呼《よ》ばれる飾《かざ》り房《ふさ》がついています。

これは修験者《しゅげんじゃ》が欲界《ぞっかい》を離《はな》れたことを意味しています。

◆**篠懸《すずかけ》**

「鈴懸《すずかけ》」とも表記します。

修験者《しゅげんじゃ》が身につける麻製《あさせい》の法衣《ほうい》のことで、衣服《いふく》の上に着用します。

この篠懸《すずかけ》にも種類があります。

●摺衣《すりごろも》

「すり」と呼《よ》ばれる青か黒で染《そ》められた衣《ころも》です。摺衣《すりごろも》とは木々の葉を重《かさ》ね合わせて衣《ころも》にしたのがはじまりで、現在《げんざい》ではその模様《もよう》や色は宗教《しゅうきょう》・宗派《しゅうは》・地域《ちいき》によって違《ちが》います。有名なのは羽黒修験者《はぐろしゅげんじゃ》の市松模様《いちまつもよう》が染《そ》め抜《ぬ》かれた摺衣《すりごろも》です。

●浄衣《じょうえ》

白色無紋《はくしょくむもん》の衣《ころも》であり、仏前《ぶつぜん》でただ拝《おが》むことしかできない修験者《しゅげんじゃ》が身につけるものです。まだ入峰修行《にゅうぶしゅぎょう》が完了《かんりょう》していない者だけが着用する篠懸《すずかけ》で、入峰修行《にゅうぶしゅぎょう》が終わった修験者《しゅげんじゃ》は身につけることはありません。

◆護摩刀《ごまがたな》

修験者《しゅげんじゃ》が護摩《ごま》をおこなう時に中央で修法《しゅうほう》を行う者が使用する刀で、「宝剣《ほうけん》」とも呼《よ》ばれます。

これは不動明王《ふどうみょうおう》が持っている利剣《りけん》をあらわしていて、悪魔《あくま》を討《う》ち下《くだ》し、すべての煩悩《ぼんのう》を断《た》ち切るために使われます。

◆法螺貝《ほらがい》

法螺貝《ほらがい》の音色《ねいろ》は「獅子吼《ししこう》」と表現され、百獣《ひゃくじゅう》の王である獅子《しし》の声がすべての動物を服従《ふくじゅう》させる力を持つように、この音を聞くすべての者は煩悩《ぼんのう》を消し去《さ》って悟《さと》りを得《え》ることができるとされています。山中を歩く時やお勤《つと》めの時に吹《ふ》き鳴らし、正しい教えが広く伝わるという意味があります。

◆手甲《てっこう》／脚絆《きゃはん》

山中で修行中《しゅぎょうちゅう》に手足を保護《ほご》するために使用します。

◆螺緒《かいのお》

「貝《かい》の緒《お》」とも書き、修験者《しゅげんじゃ》が山で修行《しゅぎょう》する際に腰《こし》の周りに巻《ま》きます。

二本の赤、または黄色の長い麻製《あさせい》の綱《つな》で、岩場などを登る時にロープ代《が》わりとして使用されます。

教義書《きょうぎしょ》によれば腰《こし》の右に巻《ま》く十六尺《しゃく》（約4・85メートル）の緒《お》を「貝《かい》の緒《お》」、左に巻《ま》く二十一尺《しゃく》（約6・36メートル）の緒《お》を「曳周《ひきまわし》」と呼《よ》び、それぞれが修験者《しゅげんじゃ》の信奉《しんぽう》する教えを示《しめ》しています。

◆走索《そうさく》

不動明王《ふどうみょうおう》が手にしている羂索《けんさく》（煩悩《ぼんのう》や災《わざわ》いを断《た》ち切るための剣《けん》を先端《せんたん》につけた絹《きぬ》の縄《なわ》）と同じ意味を持っています。

束《たば》ねた走索《そうさく》を左の腰《こし》にぶら下げておきます。

◆錫杖《しゃくじょう》

「声杖《せいじょう》」または「鳴杖《めいじょう》」とも称《しょう》します。

修験者《しゅげんじゃ》が使用する錫杖《しゃくじょう》は三種類あり、それぞれに意味があります。

●声聞《しょうもん》の錫杖《しゃくじょう》

二叉《ふたまた》の先端《せんたん》に四つの環《わ》があります。「声聞《しょうもん》」とは「仏《ほとけ》の教えを聞く修行僧《しゅぎょうそう》」を指《さ》します。釈迦《しゃか》の説《と》いた四つの真理である「苦《く》・集《しゅう》・滅《めつ》・道《どう》」という教えを示《しめ》しています。

●縁覚《えんがく》の錫杖《しゃくじょう》

四叉《よつまた》の先端《せんたん》に十二の環《わ》があります。「縁覚《えんがく》」とは「自分で道を悟《さと》り聖者《せいじゃ》となった者」を指《さ》します。この世のすべての苦しみは「無明《むみょう》・行《ぎょう》・識《しき》・名色《みょうしき》・六処《ろくしょ》・触《そく》・受《じゅ》・愛《あい》・取《しゅ》・有《う》・生《しょう》・老死《ろうし》」という十二の原因《げんいん》によるという教えを示《しめ》しています。

●菩薩《ぼさつ》の錫杖《しゃくじょう》

二叉《ふたまた》の先端《せんたん》に六つの環《わ》があります。「菩薩《ぼさつ》」とは「仏《ほとけ》の教えを人々に広め、救済《きゅうさい》するために修行《しゅぎょう》する者」を指《さ》します。この六つの環《わ》は「布施《ふせ》・持戒《じかい》・忍辱《にんにく》・精進《しょうじん》・禅定《ぜんじょう》・智慧《ちえ》」というこの世に生きながらにして悟《さと》りの世界に到達《とうたつ》するための六種類の善行《ぜんこう》を示しています。

修験者《しゅげんじゃ》の使用する錫杖《しゃくじょう》は六環《ろっかん》の錫杖《しゃくじょう》で、彼《かれ》らはこの錫杖《しゃくじょう》を振《ふ》ることで仏《ほとけ》の元へ帰ろうとしているのです。

◆括袴《くくりばかま》

裾《すそ》をヒモでくくれるようにしてある袴《はかま》。ふっくらと膨《ふく》らませた裾《すそ》を持つことで、山中での行動をしやすくし、足を保護《ほご》する役目もあります。

◆**引敷《ひっしき》**

「いんじき」とも呼《よ》びます。腰《こし》に当てる毛皮の敷物《しきもの》で、山中での修行《しゅぎょう》の最中に使用する座具《ざぐ》です。この引敷《ひっしき》に使用される毛皮は、どの動物であっても「獅子《しし》の毛皮」であると考えられます。すべての獣《けもの》の王である獅子《しし》の上に座《ざ》することで、文殊菩薩《もんじゅぼさつ》の姿《すがた》を表現していると言われています。また獅子《しし》のように勇《いさ》ましく迅速《じんそく》に山中を進んでいくことを意味しているとも言います。

◆**乱緒《みだれお》**

「八目草鞋《やつめわらじ》」とも言い、草鞋《わらじ》の周りに八つの結び目のある草鞋《わらじ》のことです。この草鞋《わらじ》をはいてお山に入ることは、修験者《しゅげんじゃ》が大日如来《だいにちにょらい》をはじめとする如来《にょらい》、菩薩《ぼさつ》の座《ざ》した「八葉蓮華《はちようれんげ》」の台座《だいざ》に乗って修行《しゅぎょう》に向かうことを意味しています。現在《げんざい》では草鞋《わらじ》ではなく、ほとんどは地下足袋《じかたび》を着用します。

◆**笈《おい》**

修行《しゅぎょう》の際に必要な法具などを入れて持ち運ぶための箱です。修験道《しゅげんどう》の教理的には、この笈《おい》は「母」の体をあらわしていると言います。この笈《おい》を腰《こし》の「螺緒《かいのお》」で結ぶことで母と子を結ぶという意味を持ちます。

◆**斑蓋《はんがい》**

修行中《しゅぎょうちゅう》の悪天候から修験者《しゅげんじゃ》を守るために使用する編笠《あみがさ》です。丸い形は「月」をあらわし、天辺には胎蔵界《たいぞうかい》の八《はち》葉蓮華《ようれんげ》をあらわす八角形の錦《にしき》をつけます。持ち歩く時は白綾《しらあや》で包《つつ》み、人々を覆《おお》って災難《さいなん》を除《のぞ》く仏《ほとけ》の慈悲《じひ》の働きを示《しめ》しています。

◆金剛杖《こんごうじょう》

修験者《しゅげんじゃ》の身長に合わせてつくられ、長さに決まりはありません。修行中《しゅぎょうちゅう》の歩行を助け、転倒《てんとう》を防《ふせ》ぐための道具であり、修行《しゅぎょう》をおこなう修験者《しゅげんじゃ》の心の支《ささ》えともなる大切な道具です。

カラス文字で描《えが》かれた護符《ごふ》・熊野牛王宝印《くまのごおうほういん》

「熊野牛王宝印《くまのごおうほういん》」と呼《よ》ばれる護符《ごふ》は、熊野《くまの》三山特有のものです。

木版画《もくはんが》で手刷りによって作成される熊野牛王宝印《くまのごおうほういん》は、多くのカラスがデザインされており「オカラスさん」と呼《よ》ばれています。

この熊野牛王宝印《くまのごおうほういん》が使われるようになったのは平安時代の末期だと言いますが、鎌倉時代の末期頃《ごろ》からは護符《ごふ》としての役割《やくわり》に「誓約書《せいやくしょ》」や「起請文《きしょうもん》」としての役割《やくわり》も加えられるようになりました。

熊野大社《くまのたいしゃ》では古くから「熊野権現《くまのごんげん》へ立てた誓約《せいやく》を破《やぶ》ると、熊野大社《くまのたいしゃ》の遣《つか》いであるカラスが一羽《わ》亡《な》くなり、誓約《せいやく》を破《やぶ》った本人も血を吐《は》き地獄《じごく》に堕《お》ちる」「もしも起請文《きしょうもん》の誓《ちか》いを破《やぶ》れば熊野《くまの》のカラスが三羽《ば》死に、自身も吐血《とけつ》して死ぬ」と言われており、神仏《しんぶつ》に対する誓約《せいやく》をおこなうのは相応《そうおう》の覚悟《かくご》が必要となります。

描《えが》かれるカラス文字の数は熊野牛王宝印《くまのごおうほういん》を刷り出している大社《たいしゃ》によって違《ちが》い、熊野本宮大社《くまのほんぐうたいしゃ》の「熊野山宝印《くまのさんぼういん》」

には八十八羽《わ》、熊野速玉大社《くまのはやたまたいしゃ》の「熊野山宝印《くまのさんぼういん》」には四十八羽《わ》、熊野那智大社《くまのなちたいしゃ》の「那智瀧宝印《なちたきほういん》」には七十二羽《わ》のカラスが刷られています。

特に那智瀧宝印《なちたきほういん》は古くからの制作方法が守られていて、毎年一月一日の午前三時頃《ごろ》に錫壺《すずつぼ》に那智《なち》の滝《たき》から水を汲《く》み、本殿《ほんでん》に供《そな》えられます。

一月二日にこの水を使って墨《すみ》をすり、宝印《ほういん》を印刷するのに使われます。

熊野大社《くまのたいしゃ》を信仰《しんこう》する人々をあらゆる災厄《さいやく》から守る霊験《れいげん》あらたかな神符《しんぷ》です。

玄関先《げんかんさき》に貼《は》れば盗難防止《とうなんぼうし》に、火の元に祀《まつ》っておけば火事から守られ、病人の枕《まくら》や布団《ふとん》の下に敷《し》けば快方《かいほう》へ向かうとされています。

また持ち歩いていれば交通系《こうつうけい》の災難《さいなん》を免《まぬが》れることができると言います。

他に「火起請《ひぎしょう》」という神判《しんぱん》の一種では、広げた牛王宝印《ごおうほういん》の上で真っ赤に熱した鉄火棒《てっかぼう》を持つことで、主張《しゅちょう》の正しい者は熊野権現《くまのごんげん》に守られると考えられていました。

また牛王宝印《ごおうほういん》は熊野信仰《くまのしんこう》を伝えた修験者《しゅげんじゃ》や歩き巫女《みこ》たちによって、全国に広まっていきました。

現在《げんざい》残っている起請文《きしょうもん》の一つに徳川家康《とくがわいえやす》が北条氏規《ほうじょううじのり》に与《あた》えた「白山牛王宝印《はくさんごおうほういん》」があります。

奈良の東大寺《とうだいじ》や京都の東寺《とうじ》、九州の戦国大名などは熊野《くまの》三山ではない牛王宝印《ごおうほういん》を利用することも多くありました。

家康《いえやす》が特に好《この》んで使用したのが、白山《はくさん》の登り口の一つである美濃馬場《みのばば》（岐阜県郡上市《ぐじょうし》）にある長瀧寺《ちょうりゅうじ》から発行される「白山瀧宝印《はくさんりゅうほういん》」という牛王宝印《ごおうほういん》です。

当時、三河《みかわ》（現在《げんざい》の愛知県東部）では白山信仰《はくさんしんこう》が盛《さか》んで、自分自身が信仰《しんこう》する神への誓《ちか》いというだけではなく、起請文《きしょうもん》を受け取った相手《あいて》の信仰《しんこう》を尊重《そんちょう》することで信用を勝ち取るという意味合いもありました。

歩く屍体《したい》・キョンシー

僵尸《きょうし》・殭屍《キョンシー》とも書きあらわし、通常《つうじょう》では「ジャンスー」、広東語《かんとんご》では「キョンシー」、日本語では「きょうし」と読みます。

長い時間を過《す》ぎても屍体《したい》が腐乱《ふらん》することなく、硬直《こうちょく》した体のままで動き回る存在《そんざい》のことで、僵《きょう》という文字は体が硬直《こうちょく》した状態《じょうたい》をあらわしています。

中国に伝わる妖怪《ようかい》の一種で、簡単《かんたん》に言ってしまえば「歩く屍体《したい》」のことです。

古い映画『霊幻道士《れいげんどうし》』や『幽幻道士《ゆうげんどうし》』などによって日本でも一躍《いちやく》有名になったキョンシーですが、もともとは中国の湖南省《こなんしょう》地方から出稼《でかせ》ぎにやってきた人たちが、出先で命を落とした際に遺体《いたい》を故郷《こきょう》へ連れ帰るために、呪《じゅ》術《じゅつ》で動かしたのがはじまりだと言われています。

故郷《こきょう》で待つ家族の元へ、たとえ遺体《いたい》であっても帰してあげたいという思いから発展《はってん》した呪術《じゅじゅつ》だったのではないでしょうか。

清《しん》の時代の歴史書《れきししょ》『清稗類鈔《しんはいるいしょう》』によれば、貴州省《きしゅうしょう》の材木商人が山での作業中に亡《な》くなった作業員の遺体《いたい》を運ぶ際に、先導《せんどう》する道士《どうし》と神仏《しんぶつ》の加護《かご》を与《あた》えられた水を満《み》たした椀《わん》を持った者に付き従《したが》わせて故郷《こきょう》まで送り届《とど》けたと言います。

死者がキョンシーとなると、死んでいるにもかかわらず生前同様にふっくらと肉付きよく、髪《かみ》の毛もフサフサしています。しかし性格《せいかく》は凶暴《きょうぼう》で、血を好《この》み、人を食うこともある危険《きけん》な妖怪《ようかい》です。

長い年月が経過《けいか》すると神通力を使えるようになり、空を飛ぶ力まで備《そな》わるようになるというから驚《おどろ》きです。

キョンシーの特徴《とくちょう》としては、

- 死体であるために体は硬直《こうちょく》していて、関節のほとんどは曲がらない。
- 体のバランスをとるために両腕《りょううで》をまっすぐに伸《の》ばし、足首のみを利用して跳《は》ねるように移動《いどう》する。
- 夜行性《やこうせい》で、凶暴性《きょうぼうせい》が増《ま》すのは満月の夜である。
- 陰《かげ》の存在《そんざい》であるために太陽光が苦手《にがて》で、浴《あ》びると火傷《やけど》のような症状《しょうじょう》が出たり、浴《あ》び続けると溶《と》けたり燃《も》え出したりする。
- 視覚《しかく》はほとんどない。
- 腐敗《ふはい》は止まっている（もしくは緩《ゆる》やかに進行している）が、基本的《きほんてき》には腐敗臭《ふはいしゅう》がする。
- 額《ひたい》に符《ふ》が貼《は》られている場合は身動きがとれず、道士《どうし》の言う通りにしか動くことができない。
- 風水的に正しく埋葬《まいそう》されなかった死者が、人間の持つ三魂七魄《さんこんしちはく》のうち、魂《たましい》だけを失ってキョンシーとなる。
- 深い恨《うら》みや妬《ねた》みを抱《かか》えたまま死んでしまった者が、死後も怨念《おんねん》を持つことによってキョンシーとなる。
- キョンシーによって傷《きず》つけられた者、キョンシーに命を奪《うば》われた者も同じくキョンシーとなる。
- 硬直《こうちょく》は時間の経過《けいか》とともに治《なお》っていくので、そのうちに二足歩行できるようになり、場合によっては走ることも可能《かのう》になる。

などがあります。

ちなみにキョンシーの苦手《にがて》なものは「自分の姿《すがた》を映《うつ》す八卦鏡《はっけきょう》」「邪気《じゃき》を祓《はら》う桃《もも》の木でつくった剣《けん》」「清《きよ》めた銭《ぜに》でつくった銭剣《せんけん》」「中身を鶏血《けいけつ》や墨汁《ぼくじゅう》などと混《ま》ぜた液体《えきたい》に置《お》き換《か》えた墨壺《すみつぼ》」「体の自由を奪《うば》う御札《おふだ》」などだそうです。

この中にある墨壺《すみつぼ》は、キョンシーを安置した棺《ひつぎ》を封印《ふういん》する際の線引きに使用する物であることから、ある種の結界なのだと思われます。

中国においては昔から、埋葬前《まいそうまえ》の死者を室内に安置しておくと夜になって急に動き出して、人を驚《おどろ》かせることがあったと言います。

そんなことからこの「キョンシー」は生まれたのかもしれません。

不老不死の妙薬《みょうやく》

道士《どうし》たちが目指したゴールの一つに「不老不死を得《え》る」というものがあります。

歴代《れきだい》の権力者《けんりょくしゃ》たちは、いつか訪《おとず》れる自分自身の「死」と権力《けんりょく》を手放《てばな》すことを恐《おそ》れて「不老不死」を願いました。

秦《しん》の始皇帝《しこうてい》は不老不死の妙薬《みょうやく》を得《え》るために、道士《どうし》の徐福《じょふく》に「天台烏薬《てんだいうやく》」を探《さが》し出すように命じました。

この時、徐福《じょふく》は三千人の童男童女《どうなんどうじょ》を従《したが》えて山東省《さんとうしょう》から出航《しゅっこう》したとありますが、その後の行方《ゆくえ》はわからず、再《ふた》び秦《しん》に戻《もど》ってくることはありませんでした。

嵐《あらし》や風の影響《えいきょう》もあったのかもしれませんが、徐福《じょふく》の乗った船は日本にたどり着いたという説が有力です。

日本全国に徐福《じょふく》にまつわる地名がいくつも残されています。

これは徐福《じょふく》が「天台烏薬《てんだいうやく》」を探《さが》し求めて全国を旅したからではないかと考えられています。

徐福《じょふく》が不老不死の妙薬《みょうやく》として伝えた「天台烏薬《てんだいうやく》」ですが、これは中国の揚子江《ようすこう》以南や台湾《たいわん》が原産とされるクスノキ科の常緑低木《じょうりょくていぼく》で、良い香《かお》りを放《はな》ち、強壮剤《きょうそうざい》や健胃剤《けんいざい》として利用される植物です。

中国の天台山産《てんだいさんさん》のものが最も効《き》き目《め》があると言われることから「天台烏薬《てんだいうやく》」の名前があります。

現代ではこの植物には活性酸素消去《かっせいさんそしょうきょ》作用があると紹介《しょうかい》されています。

また、日本では地上から見える月の影《かげ》をウサギに見立て、杵《きね》と臼《うす》で餅《もち》をついている姿《すがた》だとされていますが、中国ではウサギがついているのは不老不死の霊薬《れいやく》の材料だと言われています。

日本でも垂仁天皇《すいにんてんのう》が不老不死を求めて臣下《しんか》の田道間守《たじまもり》に命じて、常世《とこよ》の国《くに》にあるという「非時香菓《ときじくのかぐのこのみ》」を探《さが》させています。

田道間守《たじまもり》は新羅《しらぎ》（古代朝鮮《ちょうせん》の国名）から渡来《とらい》した天日槍王子《あめのひぼこおうじ》の子孫《しそん》で、今では菓子《かし》の神とされています。

垂仁天皇《すいにんてんのう》の在位《ざいい》九〇年、病《やまい》になった帝《みかど》は迫《せま》りくる「死」への恐怖《きょうふ》から不老不死の夢《ゆめ》に取《と》り憑《つ》かれるようになりました。

帝《みかど》は遠く海の向こうに「常世《とこよ》の国《くに》」という理想郷《りそうきょう》があり、その土地に実る「非時香菓《ときじくのかぐのこのみ》」を食すれば、年も取らず、死ぬこともない不老不死を得《え》られると考えていたのです。

香《かお》り高く、時を定《さだ》めずに黄金色《こがねいろ》に輝《かがや》く木の実だと伝えられる「非時香菓《ときじくのかぐのこのみ》」を求めて、田道間守《たじまもり》は十年をかけて旅をしました。

しかし、ようやく常世《とこよ》の国《くに》にたどり着き、奇跡《きせき》の木の実を得《え》て都に戻《もど》った時には、残念ながら垂仁天皇《すいにんてんのう》は亡《な》くなられた後《あと》でした。

古典文学の中にも不死の妙薬《みょうやく》は登場します。

みなさんがよく知っている『かぐや姫《ひめ》』の物語。

この中でかぐや姫《ひめ》は罪《つみ》を犯《おか》した天帝《てんてい》の娘《むすめ》だとも、天帝《てんてい》に仕《つか》える天女《てんにょ》だとも言われています。

美しく成長したかぐや姫《ひめ》は、ある満月の夜に月からの使者に迎《むか》えられて地上を離《はな》れることになりました。

その際、育ててくれた竹取の翁夫妻《おきなふさい》に「どうか長生きしてください」と、月に伝わる不老不死の薬を手渡《てわた》します（一説によれば帝《みかど》に渡《わた》したとも）。

しかし愛するかぐや姫《ひめ》を失った老夫婦《ろうふうふ》は薬を使わず、それを国いちばんの高い山の上で燃《も》やしてしまうのです。

その煙《けむり》は長くたなびいて天を目指し、人々はこの山のことを「不死（富士）の山」と呼《よ》ぶようになったと言われています。

このようにして古代から、人は不老不死の夢《ゆめ》に憧《あこが》れを持ってきました。

面白《おもしろ》いのは、中国では仙人《せんにん》たちの住む理想郷《りそうきょう》「蓬莱《ほうらい》」は海の彼方《かなた》にあると考え、それは日本のことではないかとの説があります。

一方、日本でも田道間守《たじまもり》が目指した「常世《とこよ》の国《くに》」は海の向こうにある土地だとされ、それは中国大陸のことだったのではないかと言われています。

お互《たが》いが見知らぬ土地に夢《ゆめ》と希望を託《たく》し、不老不死の妙薬《みょうやく》を求めて旅をしてきたのです。

参考文献

『絵本三国妖婦伝』高井蘭山 著
『絵本玉藻譚』岡田玉山 著
『能　演目「殺生石」』
『事実証談（ことのまことあかしがたり）』巻之五　中村乗高 編著
『今昔物語集』
『イチから知りたい日本の神さま①　熊野大社　蘇りの聖地と神々のちから』加藤隆久 監修／戎光祥出版
『役行者と修験道　宗教はどこに始まったのか』久保田展弘／ウェッジ選書
『道教の神々と祭り』野口鐵郎・田中文雄 編／あじあブックス　大修館書店
『［図説］中国の神々　道教神と仙人の大図鑑』少年社・武田えり子・古川順弘・幣旗愛子 編集／Gakken

参考WEBサイト

葛城一言主神社　https://www.hitokotonushi.or.jp/
三竹山一言主神社　https://hitokoto.or.jp/
奈良県観光公式サイト「なら旅ネット」　https://yamatoji.nara-kankou.or.jp/
おさんぽYOKOHAMA　https://osanpo.yokohama/index.php
The能.com　https://www.the-noh.com/jp/index.html
いこまかんなびの杜　http://ikomakannabi.g1.xrea.com/index.html
南房総花海街道　https://hanaumikaidou.com/
銕仙会～能と狂言～　http://www.tessen.org/
喜多流大島能楽堂　https://www.noh-oshima.com/index.html
言語と文明　第14巻「日中における仙人像の差異について」中島 慧
麗澤大学学術リポジトリ　https://reitaku.repo.nii.ac.jp

著■橘 伊津姫（たちばな いつき）

幼少期よりオカルト・ホラー・心霊などに興味を持ち、情報を収集していた。現在、主にネット上にてホラー小説を公開。神話系、怪談系など人知を超越した伝承や不思議な事柄を文章で表現している。主な著作：汐文社刊では、『世界の神々と四大神話』全四巻、『意味がわかるとゾッとする話 3分後の恐怖1期』全三巻などがある。

イラスト◆白桜 志乃（しろさくら しの）

Web漫画家・イラストレーター。日本中世前期の歴史（特に鎌倉時代末期から南北朝時代）を中心に歴史創作系漫画やイラストを多数制作。Webおよび書籍掲載など多岐にわたり活動中。

呪術《じゅじゅつ》 闇《やみ》と光のバトル
穢《けが》れを祓《はら》いて迷《まよ》いを断《た》つ 修験道《しゅげんどう》・道教《どうきょう》

2025年２月 初版第１刷発行

著　　者　橘 伊津姫
発 行 者　三谷 光
発 行 所　株式会社 汐文社
東京都千代田区富士見１-６-１
富士見ビル１階 〒102-0071
電話03-6862-5200 FAX03-6862-5202
https://www.choubunsha.com/
印　　刷　新星社西川印刷株式会社
製　　本　東京美術紙工協業組合

ISBN978-4-8113-3143-0　NDC913